Bibliografische Information der deutschen Nationalbibliothek:
Die deutsche Nationalbibliothek verzeichnet diese Publikation
in der deutschen Nationalbibliografie; detaillierte bibliografische
Daten sind im Internet über www.dnb.de abrufbar.

© Dietmar Friedrich 2018

„Herstellung und Verlag: BoD – Books on Demand, Norderstedt"

ISBN 9-783743-153516

Dietmar Friedrich

*

Minotaurosjahre

Was ist Leben? Hohler Schaum,
Ein Gedicht, ein Schatten kaum!
Wenig kann das Glück uns geben,
Denn ein Traum ist alles Leben,
Und die Träume selbst ein Traum.

                          Calderon

Inhaltsverzeichnis

Der Gehörnte

Megapolis I

Der Weg

Wunsch Indianer zu werden

Träume und Alltag

Philosophenträume

Tauwind

Mexiko

Aquanautica I

Aquanautica II

Mexikanische Gedanken

Aphorismus I

Kubistische Träume

Aphorismus II

B 52

Aphorismus III

Hypergirl I

Hypergirl II

Hypergirl III

Traumahnungen

Der dritte Weltkrieg

Hypergirl IV

Hypergirl V

Weiter im Traumtheater

Megapolis II

Megapolis III

Inzestträume

Traumtheorie

Loveparade

Carpe diem

Die Werwölfin

In der trockenen Heide

Schuld und Verantwortung

Aphorismus IV

Aus dem Osten

Die Teufelsfalle

Aphorismus V

Kosmische Schatten

Es

Das Ringen um die Form

In Totenhäusern I

Nachtdunkel

Klippenträume

Die Eismaske

Hypergirl V

Hunting

Herbstzeitlose

Dahinwelken

Die spiddelische Krankheit

Minotauros

Der schwarze Spiegel

Der Erdgeist

Verdun

Konrad Lorenz

Dionysische Nacht

Dresden

Unter Fröschen

Angler und Fisch

Beim Friseur

Engelsschatten

Speed

Pharaonische Schwester

Die Totenmesse

Hypergirl VI

Die Mondfinsternis

Das automatische Schreiben

Versuche mit automatischem Schreiben

Prometheus

Megapolis IV

Aquanautica III

Im Zauberspiegel

Paviane und Schimpansen

Kampf gegen die Nacht

Wenn der Wind weht

Staub der Träume

Leidenswege

Unter Köchen

Ekel

Skorpionszeit

Megalithische Verblödung

Satanische Brut

Krane und Skelette

Die Blutgräfin

Über das Böse

Die Maschinenkönigin

In Totenhäusern II

Phosphorstädte

Gedanken zur Maschinenkönigin

Hypergirl VII

Geschichte aus dem Kosovo

Vorahnungen

Schnee

Auf Skiern I

Die Strahlende

Auf Skiern II

In der Roten Armee

Schwarze Schlangen

Der Dämon des Weines

Pablo Cassini

Der Zwerg

Aphorismus VI

Sand

Der Graue

Steinernes Herz

Graf Dracul

Das letzte Abenteuer

In Totenhäusern III

Der Gehörnte

Aus den tiefsten Tiefen steigt er empor, der grüne Engel und Dämon, die gehörnte Gestalt. Nicht Herr des Wissens, doch ahnungstrunken – Genius der Pubertierenden. Voller Lebensgier und voller Bewegung; doch ohne Ziel. Mit seinem Erscheinen brach die hohe Zeit der Narrheiten an. Apfelbäume blühen im Winter, die Nächte illuminiert - von Abenteuern reich. Die Tage verträumt. Lange Sonnenstunden unter ziehenden Wolken am kühlen Bach. Amphipisches Leben. Die Dionysos Dithyramben werden zum hohen Lied einer neuen Religion, eines neuen Anfangs. Das alte Ich sinkt unter. Gierig ergreife ich jede sich mir bietende Lust. Vergesse was ich gewesen. Koste noch einmal die Launen der Jugend. Ja, das absichtslose, zeitlose Dasein der Kindheit. Es scheint mir als müsste ich platzen vor Leben. Alles wandelt sich. Die Wanderung beginnt. Erwartungstrunken setze ich meinen Fuß auf unbetretene Pfade. Nur aus der Lust des Anfangs formt sich das Neue.

Megapolis I

Streifzüge durch die Straßen der Stadt. Kalt und seelenlos

recken graue Häuserreihen ihre Giebel in den trostlosen Himmel. Dazwischen hängen giftige Nebel, ausgespien aus schmutzigen Schornsteinen und vermengt mit Ruß und Schweiß und Lärm. Es ist als wolle sie sich selbst ersticken, die Stadt, die trotzdem wächst und wuchert, genährt von Gift und Schweiß und Schuld. Bunte Leuchtreklame lockt, schleicht ins Gehirn wie süßes Gift, und kreischende Gerüche steigen auf, wie plumpe Vögel. Die gähnenden Mäuler der U-Bahnschächte verschlucken ameisenhafte Menschen. Steriler Neonröhrenglanz spiegelt sich im kalten Weiß gekachelter Wände. Donnernd nähert sich ein Ungetüm aus dunklen Schächten. Kreischend wehren sich die Bremsen gegen die vorwärts strebende Masse des Zuges. Türen springen zischend auseinander. Menschen strömen in den Bauch der Schlange aus Glas, Metall und Kunststoff. Einzelne stürzen verspätet heran. Erreichen gerade noch die U-Bahn. Schwer atmend wie gehetztes Wild. Eine Lautsprecherstimme mahnt schablonenhaft zur Abfahrt. Die Türen klappen wieder zu. Das künstliche Reptil, das sich aufs Leben nicht versteht, rollt an und verschwindet, hastend wie es gekommen, die Menschenmenge mit sich reißend. Nur ein Mädchen bleibt zurück. Betäubt sitzt sie verkrümmt auf einer Bank. Auf ihren Knien liegt ein zerfleddertes Kreuzworträtsel. Doch die Kästchen bleiben leer.

Zwei Männer in schwarzen Uniformen, mit fahlen, gleichgültigen Gesichtern, sprechen sie an. Sie reagiert nicht. Bleibt in ihrer Betäubung gefangen. Da rüttelt der eine das Mädchen an der Schulter. Halb öffnen sich schwere Augenlider und zeigen glasige Augen. Ihr Kopf hebt sich ein wenig. Fällt wieder auf die Brust zurück. Der Mann in der schwarzen Uniform rüttelt sie heftiger. Mühsam findet sie aus ihrer Betäubung zurück. Die Uniformierten reden auf sie ein. Sie könne hier nicht bleiben. Sie öffnet ihren Mund. Zeigt kaputte Zähne. Lallend gibt sie Antwort. Kaum ist es Sprache zu nennen. Der Sinn der Worte bleibt verborgen. Lauter und deutlicher fordern die Uniformierten ihr Verschwinden. Endlich dringen die Worte bis in ihr dämmerndes Bewusstsein vor. Qualvoll erhebt sie sich. Das Gehen fällt ihr schwer. Sie ist noch jung. Wohl kaum viel mehr als zwanzig Jahre alt, doch schleppt sie ihren zerstörten, kranken Körper unendlich mühsam voran. Methusalem als Mädchen! An einem Abfalleimer stützt sie sich auf. Darin findet sie einen weggeworfenen Kartoffelsalat aus dem Schnellimbiss. Zitternd kratzt sie den darauf haftenden Dreck ab und verschlingt die gelb-graue Masse mit mechanischen Bewegungen. Dann verschwindet sie in den heran flutenden, gleichgültigen Menschenmassen.

Der Weg

Es ist etwas in mir, etwas unbestimmbares, namenloses, das mich treibt. Etwas, das mich auf einen Weg führt, von dem ich nicht sagen kann, ich hätte ihn aus freier Überzeugung oder verstandesmäßiger Überlegung gewählt. Ein abenteuerlicher, seltsamer und einsamer Weg ist es und ich weiß, dass ich diesen Weg folgen muss, wohin er mich auch führt. Ein Weg, der noch im Dunkeln liegt und auf dem ich erst ein paar, zaghafte Schritte vorwärts gegangen bin. Diesen Weg zu gehen, so schwer es auch sein mag, ist mein innerstes Gesetz, dem ich folgen muss.

Wunsch Indianer zu werden

So formulierte es Kafka. Frei und wild in der Welt umherstreifen, wie einst Wikinger und anderer Raubadel. Danach sehnt sich der Teil in mir, den Kultur und Zivilisation noch nicht zu domestizieren vermochten. Doch ist der moderne Mensch in einem selbst geschaffenen Käfig gefangen. Ein Käfig, der ihn vor Leid, Schmerz, plötzlichem Tod, vor der Härte des Daseins bis zu einem gewissen Grad schützt, der ihn aber auch von Freiheit und Abenteuer abtrennt. Der moderne Mensch hat eine Welt um sich geschaffen, die ihn schwächt, domestiziert und verweichlicht. Er hat es sich bequem gemacht in seinem Käfig. Doch das Tier in ihm leidet. Wie jedes Tier leidet, das in Gefangenschaft lebt.

Träume und Alltag

Mehr und mehr spüre ich den tiefen Zwiespalt zwischen Ideal und Wirklichkeit, zwischen Traum und Realität. Und dennoch werde ich versuchen das Leben so zu nehmen, wie es eben ist. Ich werde versuchen Glück zu finden, ohne darauf zu hoffen. Ich werde versuchen das Leiden anzunehmen, ohne daran zu verzweifeln. Ich werde versuchen Sinnlosigkeit mit Sinn zu erfüllen, Verzweiflung mit Trost. Nur dem schaurigsten aller Gespenstern, dem Alltag, habe ich nichts entgegenzusetzen. Wie sehr ist dieser doch von den idealen Welten entfernt, die wir als Vorstellung in unserem Herzen tragen. Und doch muss ich versuchen, diese beiden feindlichen Pole zu versöhnen. Den Widerspruch zwischen Ideal und Wirklichkeit, wenn nicht aufzulösen, so doch zu versöhnen. Auch wenn der Kampf aussichtslos scheint. Doch eines vermag ich nicht - meine Träume, den kostbarsten Schatz meines Herzens, dem gierigen, alles verschlingenden Rachen des Alltags zu opfern.

Philosophenträume

Mit Arthur Schopenhauer in Traumgebirgen. Er kam in Gestalt eines alten Bettlers zu mir. Erst nach einiger Zeit, an seiner Haltung, an seinem Gesicht, erkannte ich ihn. Er führte mich durch ein grünes Tal, das Wildnis war. Ich folgte ihm mit einer Mischung aus Ehrfurcht und Angst, aus Abscheu und Zuneigung. Ich weiß noch, dass er mich vorbei an Wasserfällen und über Geröllhalden führte. Immer höher ins Gebirge, so schien es mir, stiegen wir. Schließlich hockte er sich auf den kahlen Boden und rührte mit dem nackten, rechten Unterarm in einem Gefäß herum, in dem sich irgendeine schwarze, schleimige Masse befand. Kalt überspülte mich der Ekel. Seltsam, dass dieses Gefühl nach dem Erwachen bis weit in den Tag hineinreichte.

Tauwind

Ein Hauch von Vorfrühling weht von einem Tag auf dem anderen über das Land. Der dünne Schnee ist unter den wärmenden Sonnenstrahlen weich und pappig geworden. Überall tropft und rinnt das Tauwasser. Die Bäume stehen starr und stumm und warten auf den Frühling.

Gestern noch herrschte starker Frost. Man dachte ans Ski laufen und an heißen Tee, getrunken in der warmen Stube vor dem knisternden Kachelofen. Heute hingegen glänzt der graue Asphalt der Straße in einem seltsam verlockenden Licht. Die Gedanken schweifen in die Ferne. Gezogen von einem leisen Weh, von einer seltsamen Sehnsucht, will man in die Fremde schweifen. Unruhig rollt das Blut in den Adern. „Hinaus! Hinaus!" So klingt der verlockende Ruf des Vorfrühlings. Das ist der uralte Ruf der Natur; ein Ruf voller Lebensgewalt, voller Liebesverheißung, voller Lockung zur Hingabe an das Wandern in der Welt. Und ich weiß, ich muss auch diesmal wieder diesen Ruf folgen, was er mir auch bringen mag an Leid und Freuden. Zu viel uraltes Nomadenblut rollt in meinen Adern, zu viel Sehnsucht wohnt in meinem Herzen.

Mexiko

Das Licht schwindet mehr und mehr. Ich treibe durch die tiefsten und dunkelsten Strömungen des Traums. Es muss in Mexiko gewesen sein. Die genaue Kopie einer Hazienda kämpft sich aus den Nebeln längst verschütteter Zeiten. Ich gehe an einem See spazieren und führe meinen kleinen Sohn an der Hand. Ich bin eine Frau, trage eines jener auf Taille geschnittenen, doch unterhalb der Hüfte ausladenden Kleider, wie sie etwa für die Mitte des neunzehnten Jahrhunderts typisch waren. Auch bin ich ganz in Schwarz gekleidet und habe mein langes, dunkles Haar, mit Hilfe eines mit Silber verzierten Kammes, nach oben gesteckt. Vielleicht bin ich in Trauer, bin schon Witwe, obwohl ich noch nicht alt bin. Vielleicht ist mein Mann ermordet worden. Es sind unruhige Zeiten in denen ich lebe.

Dann bin ich in meinem Schlafzimmer. Dunkle, schwere und kostbare Möbel füllen den Raum. Ich erblicke mich selbst in dem hohen Spiegel meiner Frisierkommode. Ich bin schön. Auch wenn sich schon Leid und Schmerz um den Mund und auf der Stirn in feinen Linien eingegraben haben. Durch die geschlossenen Fensterläden fällt gedämpft das grelle Licht des

Mittags. Dann erschaudere ich, als ich draußen trabende Pferdehufe höre. Mit dem Instinkt eines gesunden Tieres spüre ich, dass das nur Unheil bedeuten kann. Vorsichtig spähe ich durch die Schlitze der Fensterläden auf den Hof hinab. Ein Dutzend wilder Gestalten kommt dort auf schweißtriefenden Pferden angeritten. Nun steigen sie ab. Alle tragen Gewehre und um den Oberkörper haben sie Munitionsgurte geschlungen. Sie stürzen in die Stallungen, die sich schräg gegenüber meines Schlafzimmerfensters, auf der anderen Seite des geräumigen Hofes befinden. Ungeheure, schrecklich peinigende Angst steigt in mir empor. Ich weiß, dort bei den Pferden, ist gerade mein kleiner Sohn mit ein paar Knechten. Die Schüsse, die gleich darauf fallen, schmerzen und brennen in mir, als hätten sie mich selbst getroffen. Ich fühle es. Die da unten haben gerade meinen Sohn ermordet! Überdeutlich sehe ich mich wieder in dem hohen Kommodenspiegel. Weiß wie ein Leichnam starre ich mich selbst mit weit aufgerissenen Augen an. Entsetzen ist es, dass mich gepackt hält. Ich kann nicht weinen. Dann sehe ich wie die Gestalten wieder aus den Stallungen kommen und nun direkt auf das Haupthaus, in dem ich mich befinde, zuhalten. Dabei prägt sich mir einer der schmutzigen und ärmlich wirkenden Männer besonders stark ein. Er stürzt voraus und scheint der Anführer zu sein. Über der hageren Brust trägt er eine abgerissene Schärpe und darunter ein stark ausgewaschenes Hemd, das einmal dunkelrot gewesen sein mag. Dann sind sie auch schon über dem Hof verschwunden und ich höre, wie sie unten in das Haus eindringen, und dann mit schweren Schritten die Treppe in den zweiten Stock empor hasten. Bald werden sie vor meinem Schlafzimmer sein. Der Gedanke reißt mich aus meiner Erstarrung, die mich minutenlang erfasst hatte. Schnell stürze ich zur Türe und sperre ab. Dann nehme ich aus einer der Schubläden meiner Kommode eine kleine, einschüssige Damenpistole, die dort verstaut lag. Wieder sehe ich mich in dem dummen Spiegel mit der Pistole in zitternden Händen. Ich bin einer Ohnmacht nahe. Ich überlege für den Bruchteil einer Sekunde, ob ich fliehen, über die Fassade nach unten klettern kann. Doch verwerfe ich den Gedanken gleich darauf wieder. Mit dem Kleid würde das nicht gehen. Außerdem war einer von den Männern unten auf dem Hof geblieben, um auf die Pferde aufzupassen. Dem würde ich direkt in die Hände laufen. Nun schlagen sie schon dumpf und heftig gegen meine Schlafzimmertür, die den Schlägen nicht lange standhalten wird. Ich überlege, ob ich mich mit der einschüssigen Pistole verteidigen soll. Einfach den ersten niederschießen, der in mein Schlafzimmer eindringen würde. Aber was dann? Sie würden mich schänden. Meine Ehre beschmutzen. Auch fühle ich, dass ich zu feige bin, um auf jemanden zu schießen. Noch einmal sehe ich mich überdeutlich in dem Kommodenspiegel, mit von Todesangst verzerrten Gesichtszügen. Dann umschließe ich den Lauf der Pistole mit meinen Lippen, mache die Augen zu und drücke ab. Wie durch unendliche, dunkle Gänge kehre ich fallend und getrieben zurück. Doch wo war ich? War das nur ein Traum oder vermag das Echo eines anderen Lebens, in nächtlichen Bildern, über die Zeiten hinweg, nachzuklingen?

Aquanautica I

Zu den Vorzügen unserer von Technik beherrschten Zeit gehört es, dass wir in Elemente und Zonen vorzustoßen vermögen, die früheren Generationen weitgehend verschlossen waren. Luftschiffe und Flugzeuge durchpflügen das Blau des Firmaments, der einsame Schritt des Bergsteigers führt in die tödlichen Höhen eisiger Gipfel empor, speziell konstruierte Unterseeboote stoßen bis in die tiefsten Tiefen der Ozeane vor, wo unvorstellbarer Wasserdruck alles zu zermalmen droht; ja selbst auf den Mond setzte der Mensch schon seinen Fuß. Und wir Abenteurer der Seele, wir, die wir selbst dem wilden

Minotauros entgegen zu treten wagen, jenem Ungeheuer, das in den tiefsten Schächten der Triebe haust, ergreifen gierig jede Gelegenheit, auch und gerade auf äußere Abenteuer, die durch die Technik erst ermöglicht werden. So tauchte ich, mit künstlichem Lungenautomaten, Pressluftflasche und Bleigewichten ausgerüstet, in das wässrige Element hinab, das mich seit langem in Theorie und Praxis wegen seines ziehenden, weiblichen und geheimnisvollen Charakters faszinierte. So gleicht denn auch das Hinabsinken in die grünen oder blauen Tiefen, vor allem der warmen Meere, ein wenig dem Versinken und Zurückkehren in den Schoss der Mutter. Dort, in diesen unterseeischen Räumen, tun sich fremde Welten auf, denen in ihrer Fremdartigkeit eine seltsame, surreale Traumsubstanz anhaftet. Man wird von einem beinahe bösartigen, unnatürlichen Empfinden, wie es auch Flugträumen anhaftet, gepackt. Die Erinnerung versetzt mich mit jener Sprunghaftigkeit, wie sie manchen chtonischen seelischen Regungen eigen ist, in die Gewässer vor den Küsten Großbritanniens. Die Tauchbasis war dort in einem alten, steinernen Fort untergebracht, das zu den Zeiten von Sir Francis Drake zur Abwehr der spanischen Armada erbaut worden war. Jeden Morgen fuhren wir von dort auf winzigen, doch mit PS-starken Motoren ausgerüsteten Schlauchbooten, hinaus auf die offene See. Kaum aus dem schützenden Hafen ausgelaufen, warf der Atlantik mit aller Macht seine Wellen gegen die winzigen Boote. Draußen ließen wir uns dann mit schwerer Ausrüstung über den Bootsrand kippen und versanken mit kontrollierter Langsamkeit in den kalten, grünlichen Tiefen der See. Mit vorsichtigen Flossenschlägen schwimme ich durch einen grünen Dschungel aus baumhohen Kelplianen, die sich mit der Brandung, wie riesige Seeschlangen winden und den Labyrinthen tropischer Regenwälder in nichts nachstehen. Dazwischen langarmige Seesterne, die wirken als wären es Wesen aus fernen Galaxien. Silbrig, schattenhafte Fische lugen traumschnell hinter dem grünen Vorhang des Kelpes hervor. Wie Pfeilgeschosse stoßen vereinzelte Seevögel, die sich auf der Jagd nach Fischen befinden, tief in die Meereswogen hinab. Dann das surreale Bild. Wie von einem spielenden Riesen abgestellt, erhebt sich das Deck eines gesunkenen Schiffes hoch über den sandigen Meeresboden. Der traumartige Eindruck wird noch dadurch vermehrt, dass die technisch exakten Formen des Schiffes, durch den dichten Bewuchs, bereits in das Vegetativ-Formlose hinüber zu spielen beginnen. Zwei Reiche, die sich sonst auszuschließen scheinen, verbinden sich hier zu einem organischem Ganzen. Und man merkt. Das Lebendige ist das letztlich Stärkere der beiden Systeme. In fünfzig, in hundert

Jahren wäre, in einer vom Menschen entvölkerten Welt, die dünne Patina, die die technische Zivilisation über die Erde zog, wieder von Vegetation überwuchert. Neben dem Bösartigen und Dämonischen, die dieser Vorstellung anhaften, besitzt dieser Gedanke doch auch etwas tröstliches für mich.

Aquanautica II

Seesterne. Schattenhafte, grazile Urwesen zwischen den Kelpwäldern. Pentamerische Fortbewegung. Ein Anblick, als schaue man in die bizarrsten Experimentierkammern der Evolution.

Mexikanische Gedanken

Nach dem Erwachen aus jenen seltsamen Traume, in dem ich in eine andere Zeit, ja selbst in eine andere Seinsform zurückgereist zu sein schien, jenen mexikanischen Traum, den ich auf den Waldhöhen hoch über der Mosel träumte, hatte ich ein Gefühl, als wäre mir eine Offenbarung zu Teil geworden. Ungewöhnlich und seltsam ist der Traum in jedem Fall. Wie soll ich es deuten, dass ich in dem Traum eine völlig andere Person war, eine junge Señora aus der kolonialen Oberschicht Mittelamerikas, und mein Ich doch mit dieser ganz anderen Person, die mir fremd sein müsste, so selbstverständlich verbunden war und sich mit dieser Person identifizierte, wie es sich nun mit mir identifiziert und verbunden ist? Das war kein Alter Ego von mir. Diese Traumperson da, war ganz und gar ich und doch von mir so ganz und gar verschieden, wie nur irgend möglich. Wie lässt sich das alles deuten und intellektuell einordnen?

*

Einer der bekanntesten Sätze Michel de Montaignes lautet: „Philosophieren heißt sterben lernen." Er meint damit wohl, dass wir durch geistige Arbeit, durch intellektuelle Vorübungen, lernen können, eine gewisse Haltung einzunehmen, die uns einmal den Übertritt erleichtern soll. Sterben ist schwer. Doch ist es bislang noch jeden gelungen. Freilich ist es, wie beim Schicksal, ein Unterschied, ob wir dem Tod einst mit der uns angeborenen menschlichen Freiheit und Würde gegenübertreten, oder ob wir uns sträuben und wehren und uns jammernd und lamentierend in das Dunkel des Todes, in das kein lebendiges Auge vordringt, hinüber zerren lassen. Und in dem wir philosophieren schicken wir Spähtrupps in die dunklen Grenzzonen des Todes, die freilich nicht über die Grenze selbst gelangen können, aber in der Annäherung erste Erkenntnisse über das Vorfeld jener Region einbringen, die wir einmal auch mit allem, was uns ausmacht, durchschreiten müssen. Was hinter der Grenze liegt, können wir freilich allenfalls erahnen. Wissen können wir darüber nichts.

*

Aber ist die Philosophie, das heißt die Reflexion des Themas mittels der Vernunft, das einzige Medium, das uns zur Verfügung steht, um „sterben zu lernen?" Ich halte das für ausgeschlossen. Schließlich ist nicht ein jeder Philosoph. Doch sterben muss ein jeder. Nein, es gibt da noch Mechanismen, die unterhalb des bewussten Verstandes wirksam sind und die wenigstens ebenso gut unsere Haltung zum Tode formen und uns zum Sterben-Können zu erziehen in der Lage sind. Der Traum, den ich auf den Höhen über der Mosel träumte, unterstreicht diese Ansicht. Auch er war eine Vorübung gewesen, eine Variation zu dem Thema. Doch eine Vorübung nicht auf der Ebene des Verstandes, sondern geboren und emporgestiegen aus der Nachtseite des Bewusstseins. Eine Ebene, die uns allen zur Verfügung steht. Ein Mechanismus, der in uns allen tätig und wirksam ist.

Aphorismus I

Der Beginn der 9. Symphonie Beethovens. - Das Chaos, das um Gestaltung ringt!

Kubistische Träume

Nachtbilder. Von erhöhtem Standpunkt blicke ich auf einen Friedhof herab. Von einem Augenblick auf den Nächsten beginnt sich alles auf eine seltsame, mechanische Weise zu bewegen. Die Gebeine der Toten, die Gedenksteine, der Grabschmuck, wabern nebelartig verschwommen hin und her. Dann, mit einem Male, löst sich das ganze Bild in kleine, rechteckige Rasterpunkte auf, die sich weiterhin unablässig verschieben und übereinander lagern. Immer schrecklicher steigt die Ahnung in mir empor, dass sich dies alles auf eine seltsame, doch bedeutsame Weise auf mich selbst bezieht. Bald würde der Auflösungsprozess auch mich ergreifen. Der Würgegriff der Todesangst packt mich. Endlich, als das Grauen unerträglich wird, wache ich auf. In der Nacht, in meinem klopfenden Herzen, der trotzige Gedanke, dass ich kämpfen werde. Ich werde darum kämpfen, meinem Leben Sinn und Gestalt zu verleihen. Denn dies allein , dieser Versuch dem Leben ein höheres Dasein abzutrotzen, der kindlich und göttlich in einem zu nennen ist, vermag unser Schild und Schwert gegen das Bewusstsein von Tod und Verwesung zu sein.

Aphorismus II

Man muss sich sein Leben erträumen. Nur so lässt sich der Alltag, dieser Abfall der Wirklichkeit, besiegen.

B-52

Die NATO und auch die deutsche Luftwaffe bombardieren Jugoslawien. Ich verfolge die Bilder im Fernsehen. Riesige B-52 Bomber kehren vom Einsatz zu ihren Stützpunkten in England zurück. Im Formationsflug schweben sie vom Himmel herab wie gigantische, düstere Engelswesen. Selbst durch den Filter des elektronischen Mediums ist das Dämonische des Vorgangs spürbar. Um dem Gespenstischen der Aufnahmen zu entfliehen, ging ich hinaus in die Wälder. Buschwindröschen säumen die Wegraine. Vögel zwitschern ihr Lied in der lauen Frühlingsluft. Die Welt zeigt ihr Janusgesicht.

Aphorismus III

Lord Byron: „Es ist diese Leere, die uns treibt". - Wahlspruch des modernen Menschen!

Hypergirl I

Das Thermometer klettert dieser Tage auf dreißig Grad und mehr. Ich bin zum Sonnenanbeter geworden. Nachdem ich mich am frühen Morgen im Talgrund warm gelaufen habe, lasse ich mich an einem kleinen Steg am Fluss nieder. Ab und zu lese ich ein Gedicht aus einem mitgebrachten Bändchen und liege ansonsten faul in der Sonne. Ich bin ebenso wunschlos glücklich, wie ich es manchmal in seltenen, magischen

Augenblicken meiner Kindheit gewesen bin. Nur der Moment zählt! Die Last der Zeit fällt von mir wie ein altes, abgetragenes Kleid. Als es mir schließlich zu heiß wird, steige ich in den Fluss und schwimme ein wenig in den smaragdgrünen Wassern, die ihre Herkunft aus tiefen Felsenschlünden durch ihre Eiseskälte kund tun.

*

In diesen Tagen, in denen der Sommer mein Blut in eine glutrote, rollende Flüssigkeit verwandelt, treffe ich zum ersten Mal Ariadne. Es ist sehr heiß und sie trägt nur eine ganz knappe Badehose. Ihre kleinen Brüste sind nackt. Sie ist braungebrannt und blond und schlank und zierlich. Zwei ihrer Freundinnen hat sie dabei, die eine weitaus weiblichere Figur besitzen. Wir unterhalten uns ein wenig, flirten miteinander. In die Unterhaltung lasse ich auch einige Witze einfließen und nur sie allein versteht meinen Humor, lacht, während ihre Freundinnen mit verständnisloser Miene daneben stehen. Ich frage sie schließlich: „Soll ich Dein Lover sein?"
Sie fragt: „Von was wollen wir leben?"
„Wir rauben Banken aus, so wie Bonnie und Clyde." - antworte ich ihr.

Daraufhin umarmt sie mich lachend und eine ungeheure Woge von Glück und Harmonie durchflutet mich.

Hypergirl II

Ariadne. Sie holt mich, wie durch einen uralten, mächtigen Zauber, zu sich in ihr Feen- und Spielzeugland. Mit silbernem Kleide sitzt sie auf einen neonbeleuchteten Thron. Auf ihrem Haar, das nun bläulich-schwarz ist, schimmerte die elektrische Beleuchtung in bunt schillernden Farben. Auf Englisch, das stark von dem Akzent der nördlichen Inseln durchsetzt ist, von denen sie stammt, redete sie in ihrer Jungmädchenstimme zu mir. Noch immer schwirren mir Bruchstücke von dem Gesagten im Kopfe herum: „I can feel it. There´s more to life than this. You should go down to the ocean, and fight with the elements. Don´t waste your time. Live your life!" Eine grundlegende Begegnung. Ich fühle, wie mein Leben sich zu wandeln beginnt.

Hypergirl III

Ich habe mich am Wein und an Ariadne berauscht. Ihre Existenz durchdringt mich ganz. So als würden von ihr hochenergetische, elektrische Ströme ausgehen. Ihr bloßes Dasein, die Tatsache, das es sie gibt, übt auf mich eine ungeheure Sogwirkung aus. Es ist als würde man durch unendliche Räume stürzen – ihr entgegen. Was für eine magische Frau sie ist. Sie muss eine Hexe oder eine Fee sein. Oder einer jener Naturnymphen, die in den alten Märchen die Flüsse, Seen und Wälder bevölkern.

Traumahnungen

In der Nacht von einem Mann geträumt, der ein paar Straßen von mir entfernt wohnt. Freilich sah ich ihn im meinem gesamten bisherigen Leben kaum öfter als vielleicht ein dutzend Mal. Man kann also nicht unbedingt behaupten, dass ich eine besonders innige Beziehung zu ihm hätte. Im Gegenteil. Schon deshalb war ich am Morgen verwundert, dass ich überhaupt von ihm geträumt hatte. Dann erfuhr ich, dass seine Frau am gestrigen Tage gestorben war...

Der dritte Weltkrieg

Ich war wieder zum Militär einberufen worden. Aus undurchschaubaren Gründen war nun doch noch, trotz des Zusammenbruchs der Sowjetunion, vor mehr als einem Jahrzehnt, der dritte Weltkrieg ausgebrochen. Im Bereitstellungsraum unterhielt ich mich mit einigen Kameraden, die zwar im Range niedriger standen als ich, die aber bereits an Kampfeinsätzen teilgenommen hatten. Plötzlich, inmitten des Gespräches, kam mir der seltsame Gedanke: „Dass du einen höheren militärischen Rang hast als diese, nützt dir jetzt, da du sterben musst, auch nichts mehr". Sie meinten dieser neue Krieg hätte viel Ähnlichkeit mit dem ersten Weltkrieg. Wieder wären Grabenkämpfe im Gange. Nur hätte man heute fünf Mal weniger Überlebenschancen als damals, da jeder Quadratmeter Boden zig Mal von Granatexplosionen umgepflügt würde. Einer deklamierte lange und gelehrt über „Den Todesmarsch durch den Stacheldraht".

Ohne Übergang befand ich mich dann sogleich an der Front. Direkt neben mir pflügten abstürzende Flugzeuge mit ihren Flügeln den Boden auf, so als wollten gewaltige Messer die Erde und alles Lebendige, das sich im Weg befindet, aufschlitzen. Brennende Reifen explodierter Fahrzeuge verfehlten mich nur knapp. Mit dem Fatalismus der Verzweiflung wartete ich, bis eine Explosion endlich auch mich erwischen würde, um meinem Leben ein Ende zu setzen.

Hypergirl IV

In der Nacht las Ariadne aus ihrem neuesten Lyrikband. Allein der Zufall führte mich hierher. Für die Veranstaltung scheint kaum Werbung gemacht worden zu sein. Nur ein paar vereinzelte Zuschauer verteilen sich verloren in der riesigen Konzerthalle. Endlich beginnt die Musik zu spielen. Ariadne singt dazu in ihrer hellen Sirenenstimme. Da drängt sich ein Mädchen ganz dicht an mich heran, legt verführerisch ihren Arm um meine Schulter. In diesem Augenblick durchzuckt folgender Gedanke mein Gehirn: „Das Eine hat doch mit dem anderen absolut nichts zu tun."

Nach dem Konzert verlasse ich die Halle. Davor war, obwohl die Nacht schon weit fort gerückt war, noch ein Fest im Gange, das weit besser besucht war als das Konzert selbst. Es ging hoch her. Zecher saßen auf langen Bierbänken. Ich überlegte, ob ich am Fest noch teilnehmen sollte. Dann der Gedanke: „Ohne Liebe ist auch das wertlos." Allein verlor ich mich daraufhin in der Dunkelheit der Nacht.

Weiter im Traumtheater

Zum Klettern im Gebirge. Das Gestein war sehr lose und die Sache überaus gefährlich. Ich fühlte mich nicht wohl dabei und schwor, dass ich mich nie wieder in eine solche Situation bringen würde und wünschte mich weit fort. Wie es eben nur im Traum oder aber im Märchen vorkommt, wurde mein Wunsch augenblicklich erhört und ich in eine völlig andere Szenerie versetzt. Mit einem Male zog ich mit einer Räuberbande durch frühlingshafte Gegenden. Da fühlte ich mich ganz in meinem Element. Das Abenteuer des Raubens, Plünderns und Brandschatzens behagte mir im Traume sehr. Wir hatten alle auch noch Bauernhöfe und Familie. Doch wie einst die Wikinger zogen wir zu Beginn der warmen Jahreshälfte los um Abenteuer und materielles Glück zu suchen. Nach dem ersten erfolgreichen Raubzug in diesem Jahr, feierten wir ein gewaltiges Fest. Es gab Brathähnchen am Spieß und dunkles Bier aus irdenen Krügen. Selten war ich in einem Traum so glücklich wie in diesem. Bitter jedoch war das Erwachen nach dem Feste. Wieder hatte sich die Szenerie grundlegend gewandelt. Der grüne Weiler, wo wir unser Räuberfest gefeiert hatten, war einem betonierten Parkplatz gewichen. Traurig irrte ich inmitten unzähliger geparkter Autos umher, die einfache, archaische Freiheit des Räuberlebens verzweifelt vermissend. Fürwahr, in die Betonwüste der modernen Massenkultur dringen Freiheit und Abenteuer nur mehr schwerlich vor.

Megapolis II

Wanderungen durch die Straßen von Megapolis. Der labyrinthische Charakter der Großstadt tritt auf geradezu surreale Weise an mich heran. Wie in manchen Träumen durch verwinkelte Gebäude ohne Ausgang, taste ich mich auch hier durch Irrgärten architektonischer Beliebigkeit. Der Eindruck des Alogischen, Chaotischen herrscht vor. Es ist als betrete man einen fremden Geist, dessen Windungen und dessen Eigenarten einen noch unbekannt und neu sind. Der logische Hintergrund des Ganzen bleibt verborgen. Vielmehr werde ich zunächst von den hundertfältigen Eindrücken, die aus dem ungesonderten Raum auf mich einstürzen, in den Grundfesten der Wahrnehmung erschüttert. Der Geist kann die unzähligen Eindrücke nicht mehr einordnen. Das Wachbewusstsein erleidet einen seltsamen Einsturz. Es ist als würden Traum und Realität zusammenhanglos ineinander verschwimmen. Hier hämmern einem neonfarbene Leuchtreklamen ihre lauthals schreienden Botschaften ins Gehirn. Dort flattern Fahnen wie übergroße Vögel im Wind. Menschenströme durchfluten die Gassen, Straßen und Plätze. Tausend Gesichter ziehen traumschnell vorüber. Das Individuelle, Einzigartige geht in der Masse verloren. Der Mensch erscheint als Ameisenspezies. Zwischen den unzähligen Menschenfüßen flattern Tauben auf. Halb unbewusst lese ich irgendwelche zusammenhanglose Satzfragmente: Bar – open Friday til Saturday – Rendezvous – Pizza – Chiquito – Steaks – vogue – founded 1874 – cappucino – mousehunt... Fast ununterscheidbar vermischen sich die verschiedensten Geräusche. Presslufthämmer und Bohrmaschinen wüten in irgendwelchen Abbruchhäusern. Auf den Plätzen vermischt sich der Klang von Bongotrommeln, Dudelsäcken, Geigen, Gitarren und anderen Instrumenten zu einem chaotischen Stakkato. Wie träge Mücken im Sommergras, umschwirren mich Gesprächsfetzen vorbeihuschender Passanten. Der Motorenlärm von Flugzeugen, Autos, Motorrädern, durchströmt mich wie ein nie abreißender Strom. Da, plötzlich und hart, schlägt eine Uhr fünf Mal. Aus den Geschäften dringt unaufhörlich Musik auf die Straße. Das Rauschen der Bäume hingegen ist nur in den akustischen

Pausen und nur für Augenblicke zu hören.

Ich frage mich, inwieweit die Architektur zum chaotischen Eindruck der Megapolen beiträgt. Denkt man sich die moderne Großstadt im Model, entsteht ein mehr oder weniger exakt geordnetes Raster aus Quadraten. Und dennoch, wer sich in diesem Raster bewegt, wird dem Eindruck des Labyrinthischen kaum zu entrinnen vermögen. Wie aber kann ein System aus regelmäßigen geometrischen Figuren einen solchen Eindruck hervorrufen? Dieses scheinbare Paradoxon verliert jedoch schnell seinen Widerspruch, bedenkt man, dass sich ja auch das Labyrinth aus Quadraten zusammengesetzt denken lässt. Und schließlich war Dädalus, der Erbauer des minoischen Labyrinths, einer der ersten Ingenieure. Und überhaupt scheint diese paradoxe Doppelnatur, die scheinbar geordnete und dennoch labyrinthisch wirkende Gestalt, ganz allgemein die Eigenschaft moderner und vor allem technischer Systeme zu sein. Das Ganze ist eben nicht nur die Summe seiner Teile. Im gleichen Maße wie in einem System auf der einen Seite Berechnung, Kalkulation und glasklare Ratio zunehmen, wächst in demselben System auf der anderen Seite und unter der Oberfläche, Chaos und labyrinthische Unübersichtlichkeit. Man denke etwa nur an den Computer, diesem Sinnbild technischer

Postmoderne. Seine Schaltkreise und Prozessoren übertreffen in ihrer Unübersichtlichkeit jedes auch nur vorstellbare klassische Labyrinth. Und dennoch ist der Computer eines der rationalsten Instrumente, die wir besitzen. Er ist geboren aus der reinsten Zweckratio der Ingenieure um mathematische Gleichungen und einfache logische Probleme zu lösen. Inzwischen aber stößt er mit den nun möglich gewordenen Operationen in Bereiche vor, in denen die Ratio in ihrer Unübersichtlichkeit in das Labyrinthische vorstößt und in das Chaos mündet. Es ist sicher kein Zufall, das Computer und Chaostheorie, die man auch als Lehre von der hyperkomplexen Rationalität bezeichnen könnte, beide zur gleichen Zeit den Kinderschuhen entwachsen sind und letztere ohne Computer niemals entstanden wäre.

Was aber an Labyrinthen ganz allgemein so beunruhigend wirkt, ist, neben der Gefahr des Verirrens, die Tatsache, dass man niemals im Voraus weiß, was im Innersten lauert. Wir dringen in immer tiefer gelegene Kammern und in dunkle, geheimnisvolle Gänge vor. Schemenhafte Gestalten und unheimliche Schatten tauchen an den Wänden auf und ängstigen den Eindringling. Sackgassen führen in die Irre und tödliche Abgründe tun sich dem Wagemutigen im Labyrinth auf. Und irgendwo im tiefsten Inneren verharrt das Ungeheuer, der Minotauros, in satanischer Ruhe und wartet auf seine Opfer. Furchtbar der Augenblick wenn dieser plötzlich aus seiner gefährlichen Ruhe erwacht und sich mit teuflischer Gewandtheit auf den ahnungslosen Labyrinthgänger stürzt.

Die Frage aber, ob wir das Labyrinth betreten wollen, stellt sich uns nicht mehr. Seit dem Anbruch der Moderne, mit ihren technischen und geistigen Systemen, befinden wir uns vielmehr mitten in dessen verworrensten Gängen und dunkelsten Kammern. Der abenteuerliche Geist der abendländischen Kultur, dessen technische Systeme und rationales Denken längst globalisiert sind, schreckt auch vor unnennbarer Gefahr nicht zurück. Doch wer in das Labyrinth vordringt, der mag auch noch anderes als tödliche Gefahr und unüberwindlich scheinende Sackgassen darin finden. Vielleicht tötet er den Minotauros. Vielleicht aber auch, vermag er sich dessen chtonische Kraft zu Nutze zu machen. Oder der Abenteurer gewinnt die Liebe der Ariadne...

Megapolis III

Am Trafalgar Square. Ich stehe unter dem Arkadengang der Kirche St.-Martin-in-the-Field. Schleier von Nieselregen ziehen vor den Säulen vorbei. Die Rauchschwaden eines Zigarillos, den ich mir aus Langeweile angezündet habe, treiben wie fahle Novembergedanken auf den Platz hinaus, wirbeln im Luftzug des rasenden Verkehrs auf und verschwinden im Nichts. Die fahlsten Geister der Phantasie! In die Wärme meines Mantels gehüllt, sehe ich die Menschen wie Schatten, wie Schemen aus weit entfernten galaktischen Dimensionen, vorüber eilen. Ihre blassen Schatten kleben, als würden sie von einem fahlen Nebelmond illuminiert, auf dem schmutzigen Pflaster der Gehsteige. In ihrer Bedeutungslosigkeit beinahe körperlos, könnten sie den Satz aus der Odyssee vor sich hin murmeln, der im Hades gesprochen wurde: „Wie gingst du hinab in das dunstige Dunkel?" Der Regen wird stärker. Böen treiben ihn nun bis unter den Arkadengang, unter dem ich stehe, herein. Die Gebäude, Straßen und Mauern schwimmen in grauer Nässe, ducken sich unter den Regenschauern wie schmutzige, zementfarbene Vögel, die auf Müllkippen ihr Auskommen finden. Gedankenverloren folge ich den Rauchschwaden des Zigarillo. Diffuse Bilder und Gedanken ziehen wie dichte Nebelschwaden über die dunkle Mondlandschaft meines Geistes. Der Lärm der Stadt verebbt wie weit entfernte Meeresbrandung. Weich wie Watte umhüllen mich langweilige, schläfrige Tagträume. Da, plötzlich, wie von einem grellen Lichtstrahl beleuchtet, sehe ich ein Mädchen im geschlitzten Rock vorüber eilen. Über dem Rock trägt sie ein kurzes Jäckchen aus weißem Chinchillapelz. Ihr Gesicht ist blass. Ihre Augenlider sind wie von einem geheimen Schmerz halb geschlossen. Ein vom Regen oder auch von Tränen verwischter Lidschatten, zieht sich als blass schwarze Wasserspur über ihre rechte Wange hin. Rot gefärbtes Haar hängt ihr regenschwer über Stirn und Schulter herab. Auf hohen Plateauschuhen balanciert sie mit träumerischen Bewegungen über das Gehsteigpflaster. In den Armen trägt sie einen Strauß Rosen von einem tiefen, dunklen Rot, das schon beinahe ins Schwärzliche hinüber spielt. So wie man ein Kind wiegt, hält sie die Rosen an ihre Brust geschmiegt. Jedes Detail an dieser Figur nehme ich mit übergroßer Deutlichkeit wahr. Die Umgebung hingegen, die Häuser, Autos, die Passanten, all das sehe ich nur wie in grob gezeichneten Umrissen. Der Regen ritzt in dieses Bild feine Linien, wie mit einem Federmesser gezogen. Dann ist das Mädchen auch schon wieder verschwunden – in Augenblicksschnelle in den Menschenmassen untergetaucht. In meine Erinnerung aber hat sich ihr Bild wie mit einem Ätzstift eingeschrieben. Ich weiß nichts von ihr und werde niemals etwas von ihr wissen. Trotzdem leuchtete für einen kurzen Augenblick ihre Erscheinung wie ein Lichtstrahl, der durch die Wolken bricht, in meiner Seele auf.

Inzestträume

Sie war meine Schwester. Doch eigentlich konnte sie allenfalls meine Halbschwester sein, denn sie war Dunkelhäutig. Beim Aufstellen zum Gruppenfoto anlässlich einer Familienfeier, gab ich ihr den ersten erotischen Kuss. Wild spielten unsere Zungen miteinander. Als ich wieder von ihr ließ, fand ich in ihren Augen etwas wie Erstaunen, doch auch Einverstandensein gespiegelt.

Natürlich verursachte dieser öffentliche Kuss einen maßlosen Skandal. Man verbannte sie in den tiefsten Dschungel Afrikas, damit sie mich nie wiedersehen sollte. Doch reiste ich ihr nach, versuchte sie in den undurchdringlichen Tiefen des Dschungels wiederzufinden. Das Unternehmen hatte Expeditionscharakter. Bald schon stellten sich unüberwindliche Schwierigkeiten ein. So hatte ich etwa eine völlig unbrauchbare und falsche Ausrüstung dabei. Beispielsweise führte ich statt einer Hängematte einen für polare Zonen gedachten Schlafsack mit. Nein, ich würde sie niemals wiedersehen und trug auch noch selbst die Schuld daran!

*

Woher treten solche Figuren in den Traum ein? Eine Schwester habe ich gar nicht und ich weiß mit Sicherheit, dass ich ihr noch niemals in der Realität begegnet bin. Und doch besaß dieses Mädchen eine einzigartige und unverwechselbare Individualität. Bis in die kleinsten Details ihrer Frisur war das Traumbild durchgeformt und stand völlig klar vor mir. Übermächtig war das Gefühl nach dem Erwachen, dass ich ihr noch heute leibhaftig begegnen könnte. Fast bin ich noch jetzt überzeugt, dass es dieses Mädchen in Wirklichkeit geben müsse. Sollten wir im Traum auf eine seltsame, unterirdische Weise mit anderen Menschen in Verbindung treten können? Verschiedene Berichte legen nahe, dass es solche dunklen Leiterbahnen tatsächlich gibt. Unter außergewöhnlichen Voraussetzungen werden sie aktiv. Das Schiff des Sohnes scheitert im weiten Ozean. Er ertrinkt. Die Mutter erfährt synchron im Traum oder in Visionen von dessen Tod, noch ehe Berichte von dem Unglück die Welt erreichen. In solchen Situationen muss so etwas wie ein Übertragungsmedium aktiv werden. Sollte es nicht möglich sein, dass solche Übertragungen auch im Stillen stattfinden? Von einem geheimen Leben in den Traum hinein?

Traumtheorie

Unablässig dreht sich das Traumtheater fort und fort. Kaleidoskopisch tanzen taumelbunte Bilder vor dem schlafenden Bewusstsein, das sich, ohne sich eigentlich darüber zu wundern, bald in ein surreales Märchenland versetzt fühlt. Wir irren nachts durch Labyrinthe, betreten prall gefüllte Schatzkammern, die denen Ali Babas in ihrem fantastischen Glanz in nichts nachstehen. Wir sind Könige und Bettler in unseren Träumen. Schweben frei und ohne Mühe durch die Luft oder erwerben die Gunst schöner Mädchen. Und werden doch ebenso auch von den fürchterlichsten Gefahren, von den schrecklichsten Ungeheuern bedroht. Und meist überwiegt sogar der dämonische Glanz in den Dingen. Das Heil scheint fern. Das Gute und Schöne scheint meist nur als ferne Verheißung vorhanden. Und kaum ist ein Bild verloschen, glimmt schon das nächste in feurig schönem Glanze auf. Jede Nacht im Schein des Mondes, steigen, wie aus den Tiefen tropischer Meere leuchtendes Plankton, Myriaden von Traumbildern empor. Und ebenso zahlreich und mannigfaltig, wie die Traumbilder emporstiegen, ebenso schnell verlöschen sie wieder nach dem Erwachen. Nur die schnell zupackende Erinnerung erhascht vielleicht noch den ein oder anderen Traum, bevor er erlöscht. Angesichts solch verschwenderischen Reichtums fragt man sich dann unwillkürlich, wozu all der Aufwand? Wozu träumen wir? Hat es überhaupt einen tieferen Zweck und Sinn, dieses allnächtliche Traumtheater? Welche Funktion haben also letztlich unsere Träume? Sucht man aber nach einer solchen Bestimmung der Träume und will diese beschreibend umfassen, so stößt man zunächst auf gewisse Kategorien von Träumen die sich, denkt man darüber nach, wie die Träume im Leben des Träumers Wirkung zeigen und in welcher Intensität des Erlebens sie dem Träumer gegenüber treten, wie von selbst und auf natürliche Weise ergeben: Da sind etwa die großen, archetypischen Träume, die einen gewissen Standpunkt gegenüber allzeitig gültigen, metaphysischen Problemen einnehmen, gegenüber den Grundproblemen des Menschseins zwischen Geburt und Tod, der oft völlig konträr zu der bewussten Einstellung des Träumers sein kann und der im Allgemeinen einen tiefen, unauslöschlichen Eindruck auf den Träumer macht. So etwa bei mir der mexikanische Traum, den ich vor Jahren träumte und der mir doch noch immer frisch im Gedächtnis haftet. Dieser Traum, der sich sowohl mit der Thematik der Reinkarnation, als auch mit der des Selbstmordes beschäftigte, und der sicher das intensivste Traumerlebnisse ist, das ich je hatte, gab mir seither in mancherlei Richtung zu denken. Ist mir Rätsel und großes Fragezeichen, über das ich auch in meinen materialistischsten und positivistischsten Augenblicken nicht einfach hinweg zu schreiten vermag. Urträume, möchte ich im Folgenden solche Träume nennen, da sie ebenso metaphysisch-religiös, wie archaisch-uralt sind.

Solche „großen" Träume, solche Urtäume, die die letzten und tiefsten Fragen ansprechen, werden sicher nicht zu den aller häufigsten zählen, sie scheinen aber doch verbreiteter zu sein, als gemeinhin angenommen. Und sicher sind sie kein Privileg von uns Psychonauten, kein Lohn, den nur derjenige sich erwirbt, der in den Labyrinthen des Inneren, dem Minotauros gegenüber trat. C.G. Jung berichtet in seinem Buch "Traum und Traumdeutung" von einem achtjährigen Mädchen, dessen Träume eine intensive Beschäftigung mit dem uralten religiösen und philosophischen Problem der Apokatastasis, des Werdens und Vergehens, der Vernichtung und Wiederherstellung des Lebens, zeigen und auch die Relativität moralischer Werte, wie Gut und Böse, thematisierten. So träumte sie von einem bösen Tier, einem schlangenartigen Ungeheuer, mit vielen Hörnern, das alle anderen Tiere umbringt und verschlingt. Aber Gott kommt aus den vier Ecken (eigentlich sind es vier Götter) und gebiert alle Tiere wieder. Dann vom Aufstieg in den Himmel, wo heidnische Tänze aufgeführt werden und vom Abstieg in die Hölle, wo Engel Gutes tun. Im dritten Traum gibt es viele kleine Tiere, vor denen die Träumerin Angst bekommt. Die Tiere werden riesengroß und eines von ihnen verschlingt das Mädchen. Im vierten Traum sieht sie eine kleine Maus, in die Würmer, Schlangen, Fische und Menschen eingehen. Auf diese Weise wird die Maus menschlich. Dies ist der Ursprung der Menschheit in vier Stadien. Im fünften Traum betrachtet sie einen Wassertropfen durch ein Mikroskop. Der Tropfen ist voller Zweige. Dies ist der Ursprung der Welt. Im sechsten Traum hält ein böser Junge einen Erdklumpen. Er bewirft alle Vorübergehenden mit Teilen davon. Dadurch werden alle böse. Im siebten Traum fällt eine betrunkene Frau ins Wasser und kommt erneuert und nüchtern wieder heraus. Im achten Traum wälzen sich in Amerika viele Menschen in einem Ameisenhaufen und werden von den Ameisen angegriffen. Die Träumerin fällt vor Angst in einem Fluss. Im neunten Traum befindet sich das Mädchen auf dem Mond in einer Wüste, wo die Träumerin so tief in den Boden sinkt, dass sie die Hölle erreicht. Im zehnten Traum hat sie die Vision einer leuchtenden Kugel. Sie berührt diese. Dampf steigt davon auf. Ein Mann kommt und tötet sie. Im elften Traum ist sie schwerkrank. Plötzlich kommen Vögel aus ihrer Haut und bedecken sie völlig. Im zwölften Traum schließlich verdunkeln Mückenschwärme Sonne, Mond und alle Sterne, außer einem, der dann auf die Träumerin fällt.

Solche archetypischen, großen Träume, gleichen uralten Mythen und religiösen Bildern. Sie beschäftigen sich mit den ältesten, tiefsten und letztgültig nie zu beantwortenden Fragen des Seins. So variieren sie etwa das Motiv von Tod und Wiederauferstehung, Erschaffung der Menschheit oder der Welt, beschäftigen sich mit moralischen Problemen und mit Variationen des Themenkreises Schuld und Sühne oder mit der Relativität der Werte. Probleme, wie sie meist in Lebenskrisen akut werden. Probleme auch, die den Motor bilden für das unablässige Hinterfragen und die Errichtung immer neuer und anderer philosophischer und religiöser Gedankengebäude in der Geistesgeschichte der Menschheit. Hier spricht etwas in uns und zu uns, das Stellung zu diesen tiefsten und letzten Problemen bezieht. Das tröstet oder erschreckt. Wir können solche Bilder, die hier aus dem Urgrunde der Seele auftauchen, verstandesmäßig hinterfragen, sie verwerfen oder bejahen, sie als Fundament oder als Baustein für die eigene Einstellung zu diesen letzten Fragen benützen. An ihnen vorbei sehen aber können wir, wenn wir mit dem Erlebnis eines solchen Urtraums konfrontiert sind, jedoch nicht. Dazu ist die Intensität der mit den Traumbildern verbundenen Empfindung, ihr forderndes Dasein, zu stark. Und genau hier liegt nach meiner Meinung die Funktion dieser Kategorie von Träumen. Sie sind Anstoß und Fundament, von dem aus wir uns den letzten Dingen nähern müssen. Das heißt nicht, dass sie in irgendeiner Hinsicht wahr oder falsch sind. Solche Kategorien spielen hier erst einmal eine untergeordnete Rolle. Sie sind ebenso wenig wahr oder falsch, wie ein Baum wahr oder falsch sein kann. Sie sind zunächst einmal eine der zahlreichen und wunderbaren Hervorbringungen der Natur. Und doch sind sie vielleicht auch mehr als das. Nämlich hindeutendes Symbol, dessen weisende Macht von Urgrund des Seins gespeist wird und somit Hilfe und Orientierung, um den Platz, den wir im Kosmos einnehmen, bestimmen zu können.

*

Eine weitere Kategorie von Träumen, mit den Urträumen eng verwand, bilden jene, die bei den Alten als Weissagungsträume beschrieben wurden. Bekanntestes Beispiel ist wohl jenes aus der Bibel, von den Träumen des ägyptischen Pharao, die Joseph ihm deutete. Im Buch Genesis 41,1ff liest sich das wie folgt: "(Dem Pharao träumte): Er stand am Nil. Aus dem Nil stiegen sieben gut aussehende, wohl genährte Kühe und weideten im Riedgras. Nach ihnen stiegen sieben andere Kühe aus dem Nil; sie sahen hässlich aus und waren mager. Sie stellten sich neben die schon am Nilufer stehenden Kühe, und die hässlichen, mageren Kühe fraßen die sieben gut aussehenden und wohlgenährten Kühe auf. Dann erwachte der Pharao. Er schlief aber wieder ein und träumte ein zweites Mal: An einem einzigen Halm wuchsen sieben Ähren, prall und schön. Nach ihnen wuchsen sieben kümmerliche, vom Ostwind ausgedörrte Ähren. Die kümmerlichen Ähren verschlangen die sieben prallen, vollen Ähren. Der Pharao wachte auf: Es war ein Traum.

Am Morgen fühlte er sich beunruhigt; er schickte hin und ließ alle Wahrsager und Weisen Ägyptens rufen. Der Pharao erzählte ihnen seine Träume, doch keiner war da, der sie ihm hätte deuten können. Da sagte der Obermundschenk zum Pharao: Heute muss ich an meine Verfehlung erinnern: Als der Pharao über seine Diener aufgebracht war, gab er mich ins Haus des Obersten der Leibwache in Haft, mich und den Oberbäcker. Da hatten wir, ich und er, in derselben Nacht einen Traum, der für jeden eine besondere Bedeutung haben sollte. Dort war mit uns zusammen ein junger Hebräer, ein Sklave des Obersten der Leibwache. Wir erzählten ihm unsere Träume, und er legte sie uns aus. Jedem gab er die zutreffende Deutung. Wie er es uns gedeutet hatte, so geschah es: mich setzte man wieder in mein Amt ein, den andern hängte man auf. Da schickte der Pharao hin und ließ Josef rufen. Man holte ihn schnell aus dem Gefängnis, schor ihm die Haare, er zog andere Kleider an und kam zum Pharao. Der Pharao sagte zu Josef: Ich hatte einen Traum, doch keiner kann ihn deuten. Von dir habe ich aber gehört, du brauchst einen Traum nur zu hören, dann kannst du ihn deuten. Josef antwortete dem Pharao: Nicht ich, sondern Gott wird zum Wohl des Pharao eine Antwort geben.

Da sagte der Pharao zu Josef: In meinem Traum stand ich am Nilufer. Aus dem Nil stiegen sieben wohlgenährte, stattliche Kühe und weideten im Riedgras. Nach ihnen stiegen sieben andere Kühe herauf, elend, sehr hässlich und mager. Nie habe ich in ganz Ägypten so hässliche Kühe gesehen. Die mageren und hässlichen Kühe, fraßen die sieben ersten, fetten auf. Sie verschwanden in ihrem Bauch, aber man merkte nicht, dass sie darin waren; sie sahen genauso elend aus wie vorher. Dann wachte ich auf. Weiter sah ich in meinem Traum: Auf einem einzigen Halm gingen sieben volle, schöne Ähren auf. Nach ihnen wuchsen sieben taube, kümmerliche, vom Ostwind ausgedörrte Ähren. Die kümmerlichen Ähren verschlangen die sieben schönen Ähren. Ich habe das den Wahrsagern erzählt, aber keiner konnte mir die Deutung sagen.

Darauf sagte Josef zum Pharao: Der Traum des Pharao ist ein und derselbe. Gott sagt dem Pharao an, was er vorhat: Die sieben schönen Kühe sind sieben Jahre, und die sieben schönen Ähren sind sieben Jahre. Es ist ein und derselbe Traum. Die sieben mageren und hässlichen Kühe, die nachher heraufkamen, sind sieben Jahre, und die sieben leeren, vom Ostwind ausgedörrten Ähren sind sieben Jahre Hungersnot. Das ist es, was ich meinte, als ich zum Pharao sagte: Gott ließ den Pharao sehen, was er vorhat: Sieben Jahre kommen, da wird großer Überfluss in ganz Ägypten sein. Nach ihnen aber werden sieben Jahre Hungersnot heraufziehen: Da wird der ganze Überfluss in Ägypten vergessen sein, und Hunger wird das Land auszehren. Dann wird man nichts mehr vom Überfluss im Land merken wegen des Hungers, der danach kommt; denn er wird sehr drückend sein. Dass aber der Pharao gleich zweimal träumte, bedeutet: Die Sache steht bei Gott fest, und Gott wird sie bald ausführen. Nun sehe sich der Pharao nach einem klugen, weisen

Mann um und setze ihn über Ägypten. Der Pharao möge
handeln: Er bestelle Bevollmächtigte über das Land und be-
steuere Ägypten mit einem Fünftel in sieben Jahren des
Überflusses. Die Bevollmächtigten sollen alles Brotgetreide der
kommenden guten Jahre sammeln und auf Weisung des Pharao
Korn aufspeichern; das Brotgetreide sollen sie in den Städten
sicherstellen. Das Brotgetreide soll dem Land als Rücklage
dienen für die sieben Jahre der Hungersnot, die über Ägypten
kommen werden. Dann wird das Land nicht an Hunger
zugrunde gehen."

Eng verwandt mit solchen Weissagungsträumen, sind diejenigen
Träume, die unter den Begriff der Wahrträume zusammengefasst werden können. Sie unterscheiden sich von den
Weissagungsträumen dadurch, dass sie im Allgemeinen keiner
Deutung und somit auch keines Deuters bedürfen. Der Träumer
sieht eine Situation in der Wirklichkeit klar und deutlich. Die
Wahrträume sprechen nicht in Symbolen und Bildern, sondern
zeigen eine konkrete Realität, die später einmal in gleicher oder
ähnlicher Form Wirklichkeit wird. Meist zum Erstaunen und
nicht geringem Erschrecken des Träumers. Er träumt
beispielsweise vom Unfall eines nahen Verwandten oder eines
Freundes und dieser Unfall ereignet sich später tatsächlich in

der Realität auf dieselbe oder auf eine ähnliche Weise, wie der Träumer sie nächtens sah. Oder es werden sogar Ereignisse des allgemeinen öffentlichen Lebens vorausgesagt. Bezeugt ist der Traum des Bischofs Lanyi von Großwardein in der Nacht vor der Ermordung des österreichischen Thronfolgerpaares am 28. Juni 1914 in Sarajewo, den der Bischof morgens um halb vier Uhr wie folgt niederschrieb:
„Mir träumte, dass ich in den Morgenstunden an meinen Schreibtisch ging, um die eingegangene Post durchzusehen. Ganz oben lag ein Brief mit schwarzen Rändern, schwarzen Siegel und Wappen des Erzherzogs. Sofort erkannte ich dessen Schrift. Ich öffnete und sah am Kopf des Briefpapiers im himmelblauen Ton ein Bild wie auf Ansichtskarten, welches eine Straße und eine enge Gasse darstellte. Die Hoheiten saßen in einem Automobil; ihnen gegenüber ein General. neben dem Chauffeur ein Offizier. Auf beiden Seiten der Straße eine Menschenmenge, zwei junge Burschen springen hervor und schießen auf die Hoheiten. Der Text des Briefes ist wörtlich derselbe, wie ich ihn im Traum gesehen: Euer bischöfliche Gnaden! Lieber Doktor Lanyi. Teile Ihnen hiermit mit, dass ich heute mit meiner Frau in Sarajevo als Opfer eines Meuchelmordes falle. Wir empfehlen uns ihren frommen Gebeten. Herzlichst grüßt sie Ihr Erzherzog Franz. Sarajevo, 28. Juni

1914, halb Vier morgens."

Nachdem der Bischof den Traum noch in Anwesenheit eines Gastes und eines Dieners seiner Mutter erzählt hatte, erhielt er am Nachmittag ein Telegramm mit der Nachricht von dem Attentat. Diese Kategorie von Träumen wirft nicht nur die Frage nach ihrer Funktion auf, die leicht mit dem warnenden Hinweis solcher Träume zu beantworten ist, sondern auch die Frage, wie es möglich ist, dass der Träumer scheinbar einen Blick in die Zukunft zu erhaschen in der Lage ist? Das eine solche Präkognition im Traum möglich sei, bezeugen die Beispiele, und auch noch etliche andre, die in der Literatur bezeugt sind. Die Aufgabe freilich, zu beantworten, warum eine solche Vorausschau in die Zukunft möglich sei, ist wahrlich keine leichte. Das die Kategorien von Raum und Zeit keine absoluten Größen seien, ist spätestens seit Einstein bekannt. Doch ist hier nicht der Platz um näher auf die Prämissen der modernen Physik einzugehen. Dies mag, sollte mein weiterer Lebensweg es mir erlauben, vielleicht zukünftig an anderer Stelle einmal geschehen. Für jetzt muss es genügen, einmal gewisse wissenschaftliche Experimente zu betrachten, die sich dem Phänomen der Präkognition auf exakte Weise zu nähern versuchen. So wurden eine große Zahl von Probanden etwa in eine Art wissenschaftliches Kartenspiel einbezogen. Aus einem Stapel von fünfundzwanzig Karten mussten sie jeweils die oberste, gezogene, jedoch nicht aufgedeckte Karte erraten. Der Satz von fünfundzwanzig Karten bestand aus je fünf dasselbe Zeichen tragende Karten. Fünf Karten waren durch einen Stern, fünf durch ein Rechteck, fünf durch einen Kreis, fünf durch zwei Wellenlinien und fünf durch ein Kreuz markiert. Die mathematische Wahrscheinlichkeit lässt erwarten, dass aus dem gesamten Satz jeweils fünf Karten richtig erraten würden, da in diesem Fall die Wahrscheinlichkeit eines zufälligen Treffers bei 1:5 liegt. Das Durchschnittsresultat ergab 6,5 Treffer auf 25 Karten, das heißt 1,5 mehr als die mathematische Wahrscheinlichkeit betragen würde. Die Wahrscheinlichkeit einer solchen zufälligen Abweichung von 1,5 beträgt immerhin 1:250 000. Was aufhorchen lässt, ist, dass weder eine räumliche Distanz zwischen Experimentator und Proband, noch eine zeitliche, das Ergebnis negativ beeinflusste. So saßen einmal die Probanden 5600 Kilometer von den zu erratenden Karten entfernt, ohne dass dies Einfluss auf das, über der Wahrscheinlichkeit liegende Ergebnis, gehabt hätte. Ein andermal mussten die Versuchspersonen die Karten erraten, die erst in der Zukunft gezogen und gelegt werden würden, was ebenfalls keinen negativen Effekt zeigte. Was die Experimente einzig und allein in irgendeiner Form beeinflusste, war die psychische Einstellung der Probanden. Waren sie voller Interesse und hoffnungsvoll, dass ihnen ein überdurchschnittliches Ergebnis gelingen könnte, so trat dies im Durchschnitt denn auch auf. Waren sie hingegen desinteressiert und dem Experiment gegenüber skeptisch eingestellt, so zeigte sich auch in der Regel eine unter der Wahrscheinlichkeit liegende Trefferquote. Für unser Problem sind diese Experimente überaus interessant. Zeigen sie doch zweierlei. Zum einen, dass Präkognition schon im gewöhnlichen psychischen Zustand, im Durchschnitt über den der statischen Wahrscheinlichkeit liegt, zum anderen, dass die Intensität der Emotionen den Grad der Wahrscheinlichkeit einer Präkognition positiv zu beeinflussen in der Lage sind. Was freilich auf akausaler Ebene, auf der Ebene der Naturgesetze passiert, dass solche präkognitiven Verbindungen möglich werden, vermag ich hier nicht zu beantworten. Der Versuch dieses Problem zu beantworten, würde auch zu weit von unserem Thema hinweg führen. Näher an unserem Thema liegt hingegen die Frage nach der Funktion der präkognitiven Träume. Das sie den Träumer vor, in der Zukunft liegenden Ereignissen und Katastrophen warnen wollen, wie es oftmals in der Literatur angegeben wird, erscheint mir eher als unwahrscheinlich, da mir kein Fall bekannt wäre, dass solche

Warnungen auch zur Vermeidung solcher Katastrophen beigetragen haben würden. Vielmehr erscheint es mir hier wahrscheinlich, dass es sich dabei um eine reine, wertfreie Weitergabe von Informationen aus tieferen Schichten der Psyche an das Bewusstsein handelt. Wir sammeln ohne Unterlass Informationen, ohne dass uns dies in den meisten Fällen zum Bewusstsein käme. Wenn wir einen Raum betreten, in dem sich einige Menschen befinden, so sammeln unsere Sinne ohne Unterlass Informationen über die Beschaffenheit des Raumes, über die Kleider, Gesichter und allgemein über die Eigenschaften der sich darin befindlichen Personen. Nur ein Bruchteil dieser Informationen gelangt uns aber zu Bewusstsein. Im Fall präkognitiver Träume aber handelt es sich durchaus um überaus wichtige emotionsgeladene Informationen. Das solche Informationen an das Bewusstsein weitergegeben werden müssen, und sei es mittels des Traums, liegt auf der Hand. Auf welche Weise freilich das Unterbewusste solche Informationen zu sammeln vermag, muss hier unbeantwortet bleiben, auch wenn oben genannte Experimente ein durchaus erhellendes Schlaglicht darauf zu werfen in der Lage sind.

*

Eine weitere und hier die dritte Kategorie von Träumen bilden diejenigen, die in der Antike als Heilträume zusammengefasst wurden. Im griechischen Epidauros etwa, das dem Äskulap geweiht war, und das man getrost als antiken Kurort bezeichnen darf, dienten Träume therapeutischen Zwecken. Der Patient nahm zunächst an einer kultischen Reinigung in einem der zahlreichen Brunnen oder im Brunnenhaus teil. Sodann opferte er dem Apollon. Am Abend schließlich zog er sich in das Abaton zum schlafen zurück, um im Traum durch den Gott Askleipios selbst zu erfahren, welche Heilmethode für ihn die geeignetste sei. Nachdem der Patient mit einem Priester über seine Träume im Abaton gesprochen hatte, entschied letzterer über das anzuwendende Heilverfahren.

Es gab Bäderkuren und Entspannungskuren, es wurden aber auch medikamentöse Behandlungen und Operationen durchgeführt. Für den Geist der Griechen spricht, dass die Vorstellung herrschte, dass die Heilung auch durch kulturelle Angebote unterstützt würde. So gab es neben den medizinischen Einrichtungen auch zahlreiche Theater und Bibliotheken. Aber auch in der modernen Psychotherapie haben Träume ihren festen Platz. So finden sich bei den verschiedenen

Arten von Psychosen häufig kompensatorische Träume, welche den psychotischen Komplex nicht nur widerspiegeln, sondern auch auszugleichen versuchen. andererseits gibt es auch viele Träume, die dem Drang nach Selbsterkenntnis zu entspringen scheinen. Uneinsichtigen Patienten stellen ihre Träume unerbittliche und unbeschönigte Selbstdiagnosen. Man versucht heute unbewusste Prozesse, wie sie die Träume darstellen, therapeutisch zu verwerten. Die Ergebnisse sind ermutigend. Durch die therapeutische Aufarbeitung von Träumen, lassen sich die verschiedensten psychotischen Zustände, aber auch Ängste und Schlaflosigkeit positiv beeinflussen. Auch wird ein therapeutischer Prozess fast immer von Träumen begleitet, die den Fortschritt in der Heilung symbolisch darstellen. Nur ein Beispiel aus der Literatur sei hier erwähnt. Eine Patientin verabscheute ihre eigenen Augen, die für sie Äquivalente ihrer "schlechten" Genitalien waren. Im Laufe der Therapie begann sie, die Augen der Madonna, der Gottesmutter Maria, zu halluzinieren, die tränenreich waren. Die Gottesmutter weinte ihretwegen. Schließlich aber träumte sie von der Madonna, die ihr sagte, sie brauche keine Brille mehr, sie könne sehen. Ihre eigenen Augen aber leuchteten wie Perlen.

Die Funktion solcher Träume liegt auf der Hand, weshalb hier auch nicht weiter darauf eingegangen werden muss. Anders liegt es schon bei einer weiteren Kategorie von Träumen, den Albträumen, welche nicht nur in Hinsicht auf ihre Funktion Rätsel aufgeben. Albträume zählen sicherlich zu den drastischsten Traumerlebnissen überhaupt. Sie versetzen uns in einen Angstzustand, aus dem es kein Entrinnen mehr zu geben scheint, außer dem Erwachen. Ja, die Angst erreicht in solchen Träumen eine Intensität, wie wir sie im Wachzustand kaum jemals erleben werden. Zumindest nicht in relativ friedlichen Zeiten, wie den unseren. Klopfenden Herzens liegen wir da. Schweißgebadet. Ganz dem Nachklang der Traumschrecknisse hingegeben. Solche Träume prägen sich wie mit glühenden Zangen in die Seele ein, verlieren sich nie mehr in ihren Spuren. Träume wie jenen von der Werwölfin, von den Köchen oder von jenem schrecklichen Grauen, der mich Ende letzten Jahres, kurz vor dem Tod meines Großvaters, ansprang, werden sich wohl nie mehr aus meinem Gedächtnis verlieren. Nur der große mexikanische Traum, von dem ich weiter oben schon berichtete, prägte sich noch tiefer in meine Seele ein. Und gerade hier möchte ich mit einer Hypothese ansetzen, die zumindest die Funktion jener ungeheuren Angst, die solche Träume generieren, zu erklären in der Lage sein könnte. Es scheint mir, dass gerade sie dazu dient, dass die Dramaturgie des Traumes nicht mehr vergessen werden kann, nachwirkt, sich wie ein Tiefenlot in die Seele des Träumers einsenkt. Eben um dort über längere Zeit Wirkung zu zeitigen. Gewisse Träume und die Albträume zählen sicher im hohem Maße dazu, gleichen Laugen oder Säurebädern, in die die Seele getaucht wird. Sie steigt daraus in ihrer nackten Struktur empor. Einer Struktur, die der Träumer nur nach solchen Bädern zu erahnen und zu begreifen vermag.

Im viel geringeren Maße hingegen ist eine weitere Kategorie von Träumen von Emotionen durchtränkt, der ich mich nun, nahezu am Schluss dieser Ausführungen angelangt, noch zuwenden möchte. Ich meine jene gewöhnlichen Träume, wie wir sie jede Nacht träumen, die am Morgen schon vergessen sind, oder doch nicht lange dem Gedächtnisse anhaften. Die auch keinerlei Impuls zu ihrer Deutung oder zum Nachsinnen über ihre Dramaturgie in sich tragen. Träume also, die ebenso schnell in das Nichts hinabsinken, wie sie aus diesem empor getaucht waren. Warum also träumen wir solche Träume, die doch scheinbar so wenige Spuren in unserem Innersten und in unserem Leben hinterlassen? Sicher ist, dass auch solche Träume, wie jeder Traum, von einer gewissen charakteristischen Gefühlsprägung durchzogen sind. Teils in feinsten Nuancen treten hier die mannigfaltigsten Gefühle aus der reichen Palette menschlicher Emotionen zu Tage. Und ist die Dramaturgie des Traumes oft am Morgen schon vergessen, so retten sich doch oft jene Gefühlsnuancen in den Tag hinüber. Wir erwachen heiter, weil wir heiter geträumt haben. Oder nachdenklich, weil vielleicht ein nächtlicher Traum diese Nachdenklichkeit vorbereitete. Und gerade das ist es, was jenen Träumen Sinn verleiht. Wie allgemein bei jedem Traum greift auch hier das nächtlich tätige Unterbewusste in das helle Bewusstsein des Tages ein. Freilich mit viel zarteren, filigraneren Händen als es in den großen Träumen geschieht. Der Traum ist eines der Werkzeuge des Unterbewussten, seine sonst versteckte, gewissermaßen chtonische Tätigkeit, darzustellen. Mittels seiner Hilfe impft es seine, oft konträre, psychische Position dem hellen Tagesbewusstsein ein, das nun gezwungen ist, sich mit diesen Positionen auseinander zu setzen.

Loveparade

Ich bahne mir den Weg durch staubüberzogene Büsche. Da stehe ich auch schon vor einen jener Technotrucks, die sich, armiert mit 20 000-Watt-Boxen, ihren Weg durch die wogende

Menge bahnen. Das Hypnotische der lauten, hämmernden Technomusik wirkt unmittelbar. Der tiefe Bass findet Resonanz in der Magengegend. Durch Gehirn und Rücken läuft ein Prickeln, wie von sanften Stromstößen ausgelöst. In der rhythmischen Bewegung des Tanzes verliert sich die Last der Zeit. Wie durch grelle Blitzlichter beleuchtet, nehme ich Einzelheiten aus der Masse der Menschen um mich herum wahr. Zwei Mädchen stehen am Straßenrand. Die Eine ganz in Weiß, als Engel verkleidet. Die andere ragt als rote Flamme vor ihr auf. Sie ist ganz Teufelin. Selbst Dreizack und Schwanz fehlen nicht. Nun küssen sich beide – Engel und Teufel! Die Sonne sendet ihr Licht als gebündelte Laserstrahlen auf die zuckende Menge herab. Ein Mädchen ist zusammengebrochen. Sanitäter tragen sie auf einer Bahre davon. Darüber eine weiß geschminkte Asiatin. Ein Mädchen mit blauen Haaren. Muskulöse Männer mit Trillerpfeifen. Die Menge umrundet die Siegessäule gegen den Uhrzeigersinn. Auf einer Ampel ein Schwarzer mit riesigen Zylinderhut. Stakkato der Töne und Eindrücke. Rauschhaftes, orgiastisches Fest. Abfall auf der Straße. Ein Mädchen zeigt ihre nackten Brüste. Ein Junge mit seltsamer Tätowierung. Verloren in den hämmernden Tönen, in den Bildern, die kataraktisch auf mich einstürzen. Verloren bin ich. Und doch, für Augenblicke ist die Last der leeren

Transzendenz aufgehoben. Vom Rhythmus getilgt.

Carpe diem

Spätsommer. Die Nächte werden schon ein wenig kühler. Bin am frühen Morgen oft in den umliegenden Wäldern unterwegs. Schon beginnt der nahe Herbst alle Dinge in ihrem innersten Kern zu verwandeln. Langsam welkt das Rad der Sonnenblumen dahin. Die Köpfe der Disteln am Weg tragen gefiederte Samen. Die meisten Getreidefelder sind bereits abgeerntet. Gelb glimmen die Häcksel wie fast verglühte Sonnenfunken in den Ackerfurchen. Und schon auch kondensiert der Atem in der morgendlich kühlen Waldluft.

Bis in die Träume des Sommers warf der Herbst, als großes Gleichnis von Dahinwelken und Vergänglichkeit, seine Schatten voraus. Schon zur Zeit des höchsten Sonnenstandes sah ich mich durch herbstlich bunte Wälder irren. Und stets wurde ich in diesen Träumen verfolgt, war gehetztes Wild, taumelte, irrte zwischen den labyrinthischen Baumstämmen meines Traumherbstwaldes umher. Doch nicht Dämonen, Menschen oder Raubtiere verfolgten mich. Es war die Zeit selbst, die mich unerbittlich hetzte. Und sie ist eine Jägerin, der niemand zu entrinnen vermag.

Unerbittlich hetzt sie uns Tag für Tag vorwärts, vertreibt uns aus den Gärten der Jugend, aus dem Paradies glücklicher Stunden, die verwehen wie Staub im Wind. Hetzt uns schließlich gar zu Tode. Wirft uns ins Grab. O, wie hasste ich sie in jenen rauschhaften Sommertagen, die ich mit aller Macht festhalten wollte und die mir doch zerrannen wie frisches Quellwasser zwischen den Fingern. Sie war meine erklärte Feindin, meine Dämonin; ich Orest, sie meine Furie. Gnadenlos, rachsüchtig. Gegnerin jeglichen Glücks.

Umso gieriger stürzte ich mich in jedes Augenblicksvergnügen, das mir die heißen Sommertage zu gewähren vermochten. Die ganz heißen Tage, in denen schon am frühen Morgen die Luft zu flimmern beginnt, liebte ich am meisten. Von den Sonnenstrahlen, die durchs Fenster fielen geweckt, zog ich schon am frühen Morgen los. In den Rucksack packte ich ein wenig Wein, eine Flasche Wasser und Weißbrot. Das war mein Frühstück und Mittagessen. Dazu ein gutes Buch. Unten am Fluss, im Talgrund, gab es eine Stelle, die liebte ich am meisten. Ein kleines, schmales Brückchen führte dort über das rauschende

Wasser. Büsche gaben Deckung und Schutz. Üppige Wiesen breiteten sich zu beiden Seiten des Flusses aus. Dort verträumte ich den Vormittag. Briet in der Sonne. Schaute den ziehenden Wolken nach. Fühlte mich frei wie sie.

Einmal hatte ich am Nachmittag Ariadne im Bett neben mir liegen. Während sie schlief betrachtete ich sie, sog ihre ganze Schönheit in mich auf. Sonnenstrahlen kitzelten ihre nackte Haut. Ihr dunkles, halblanges Haar lag wie ein feiner Fächer auf dem Kopfkissen. Im regelmäßigen Rhythmus des Atems hob und senkte sich ihre Brust. Ganz hell, wie frisch gefallener Schnee im Gebirge, schimmerte ihre Haut unter den gedämpften Lichtstrahlen, die durch den Vorhang einfielen. Lange betrachtete ich sie, liebkoste sie mit meinen Blicken. Und plötzlich, als hätte sich mit einem Male eine dunkle Wolke vor die Sonne geschoben, der grimmige Gedanke:
„Warte nur. Bald wird auch diese schöne, weiße Schneehaut verfaulen und von Würmern zerfressen werden. Die Zeit, diese Dämonin, wird dir alles rauben. Sie wird deine, jetzt so schönen, festen Brüstchen welken machen, deine Rabenhaare weiß werden lassen und dein Gesicht mit Runzeln und Falten bedecken. Und dann wird sie dich, die längst Müde und Verwelkte, ins Grab stoßen. Und da werde ich dann wohl längst

selbst schon dort unten liegen. Und keiner von uns wird mehr wissen, wie schön diese Nacht und dieser Tag gewesen sind, in denen wir beide uns für ein paar Stunden geliebt haben."

Die Abendstunden verbrachte ich oft in einer Gartenwirtschaft, die ihr Bier in uralten, aus dem Naturfels heraus gehauenen Kellern lagert und die nur an den ganz heißen, schönen Sommertagen geöffnet hat. Bei Bier und Brotzeit saß ich dann unter mächtigen, schattigen Eichen, die standhaft und geduldig Jahrzehnte und gar Jahrhunderte überdauert haben. Von Ferne wehte leises Kapellengeläut herüber. Der Duft frisch gemähter Wiesen lag über dem Tal. Dann durchströmten oft ununterscheidbare Sommererinnerungen meine Seele. Einzelheiten waren nicht zu erfassen. Doch schienen sie mir, wie in summa, alles Glück vergangener Sommer zutragen zu wollen. Angefangen bei den Sommern meiner Kindheit, als ich jeden Tag barfuß im geräumigen Garten meines Elternhauses spielte und braungebrannt war, so dunkel und zart. Empfindungen des Glücks, die sich ähnelten, und aus dreißig und mehr Sommern meines Lebens zu einer einzigen Empfindung im hier und jetzt zusammen verschmolzen waren.

Warum war aber selbst in dieses Glück der Erinnerung noch ein

Tropfen der Bitternis gemischt? Warum diese innere Unruhe, selbst noch in den glücklichsten Sommerstunden? Es war als wäre das alles noch nichts gewesen. Es war als müsse das Leben um jeden Preis noch immer mehr und mehr gesteigert werden, bis zum Taumel, bis zur Ekstase. Es war eine Stimme in mir, die mich unablässig voran trieb und zurief: „Carpe diem! Carpe diem! Carpe diem! Und immer wieder vergeblich, vergeblich, der Versuch die Zeit festzuhalten, die immer noch schneller und schneller voran eilte, je heftiger ich sie zu umschlingen versuchte, so wie man eine Geliebte umschlingen mag, die dich verlassen will und die man auf Knien anfleht zu bleiben.

Doch rasten die Stunden, Tage und Wochen dahin, als wären Raketentriebwerke gezündet worden. Die Nächte schienen zu Sekunden zusammengedrängt. Vergangenheit, Gegenwart und Zukunft verschmolzen ineinander. Die Zeit spielte verrückt, machte schwindlig. Überdeutlich und beinahe physisch verspürte ich diese unsinnige Beschleunigung eines Nachts auf einem ekstatischen Fest, das so um die Tage der Sommersonnenwende herum stattgefunden hatte. Auf einer großen Wiese war man zusammengekommen, hatte mehrere Feuer entzündet, Technoklänge hallten aus einer aufgestellten Anlage durch die Nacht. Im Schein des Feuers tanzten zuckend Gestalten. Die flackernde Illumination der Feuer verliehen den Bewegungen etwas irreales, traumhaftes. Pärchen saßen beieinander. Tauschten Zärtlichkeiten aus. Darunter auch zwei Mädchen, die in inniger Umarmung verschlungen waren. Gestalten wankten mit abwesenden Blick an mir vorbei. Man hatte „Gras" geraucht.

Auch ich war gerade noch an einem der Feuer mit einem Mädchen zusammengesessen. Sie war nun fort. Und ich suchte inmitten des Festtaumels die Einsamkeit. Mit einer Flasche Bier in Händen saß ich etwas abseits im Dunkeln und blickte zum Himmel empor. Oben am Firmament zogen auch die Sterne in rasender Eile dahin. Auch sie von den Strudeln der Zeit in rasender Eile hinweg gesogen. Noch war der letzte Lichtpunkt nicht im Westen untergetaucht, da begann der erste Silberstreif des aufdämmernden Morgens bereits wieder den östlichen Horizont zu erhellen. Die Sterne verblassten wie rasch verglühende Funken, die nur ein flüchtiger Windstoß aus einem Feuer empor getrieben hat und denen nur Augenblicksdauer vergönnt ist. Die Zeit! Welch mächtige Göttin habe ich mir da zur Feindin gemacht. Sie, die sogar die ewig scheinende Sternenwelt beherrscht. Werden nicht auch die fernen Sonnen dort oben geboren, leben, sterben? Tauchen aus dem Chaos empor? Ringen um Gestaltung? Versinken wieder ins Nichts in mächtiger Explosion? Da fühlte ich deutlich, dass auch ich in dieses riesige, kosmische Uhrwerk eingezwängt war, vorwärts geschoben, vorwärts gesogen wurde. Auch ich raste mit taumelnder Geschwindigkeit, dem Nichts, dem Untergang entgegen. Unaufhaltsam und bald.

Seit jenen Tagen war das Gefühl, noch nicht genug gelebt zu haben, dem Leben noch einige seiner aufregendsten Seiten abtrotzen zu müssen, es in all seinen Facetten auskosten zu wollen, zu einer der bestimmenden Maxime der Minotaurosjahre geworden. Das Leben zu spüren, die Existenz fiebernd zu empfinden, sei es nun im Schmerz, im Glück oder im Rausch, das ist, neben der Kunst, das Einzige, was wir armen, begrenzten Wesen der Vergänglichkeit, dem Wissen um unseren Tod, entgegenzusetzen vermögen.

Einmal, als ich die Indianerländer Nordamerikas bereiste, hatte ich folgenden Traum: Ich bin im Paris des neunzehnten Jahrhunderts unterwegs. Es muss die Zeit sein, in der Gaugin und van Gogh ihre Gemälde in den hiesigen Galerien ausstellen. Als Attribut des Künstlers halte ich eine Farbpalette und

Malpinsel in den Händen. Trage sogar eine übergroße Baskenmütze auf den Kopf. Ich fühle mit allen Fasern meines Körpers, wie das Leben durch mich hindurch strömt. Viele Stadtviertel und der Eifelturm sind gerade im Bau. Überhaupt scheinen in der Stadt gewaltige Veränderungen und Umwälzungen im Gang zu sein. Ich fühle mich privilegiert, dass ich in diese Zeit des Umbruchs und der geistigen Revolutionen hineingeboren worden bin und daran teilnehmen darf. Mehrmals rufe ich im Traum aus: „vis la vie! vis la vie! vis la vie!" - Es lebe das Leben!

Dieser kleine Traum, so unscheinbar er den Außenstehenden auch erscheinen mag, war, wenn er vielleicht nicht eigentlich den Umbruch in meinem Leben herbeiführte, der folgte, so doch Grenzmarkierung, die zwei grundsätzlich verschiedene Lebensabschnitte voneinander schied. Von da an war nichts mehr wie zuvor. Von da an rechnete ich nicht mehr Glück gegen Leiden auf. Von da an verneinte ich das Leben nicht mehr. Von da an, wandte das Leben sich selbst zu. Zu leben, zu empfinden, und sei es selbst unter Qualen, hieß von da an meine Losung. Keine Flucht mehr. Sondern mich selbst zu spüren, im hier und jetzt. Das Leben bis zur Neige auskosten, das waren von da an meine Ziele.

Und wie alle großen Dinge, wie die Liebe, die das egoistischste und zugleich das selbstloseste aller Gefühle ist, wie die Freiheit, die nur durch Selbstzucht, Selbstdisziplin und stetigen Kampf zu gewinnen ist, wie die Kunst, die zugleich bindet und befreit, birgt auch dieses Empfindenwollen, dieses tiefste Ja-Sagen zum Leben, eine zutiefst paradoxe Wahrheit in sich. Eine Wahrheit, die zu akzeptieren ich bis dahin nicht bereit war. Ich begriff, nur wer sich der Zeit, der Vergänglichkeit hingibt, vermag zu leben.

Die Werwölfin

Wir, ein geheimer Orden abenteuerlich gesinnter Geister, hielten in einem Zeltlager während einer Expedition ein Mädchen gefangen, von dem ich glaubte, dass sie sich alsbald in einen Werwolf verwandeln würde. Ich hielt sie an den Boden gedrückt und stach ihr mit einem winzigen Taschenmesser in Brust und Herz. Sie gab dabei keinen Laut von sich, doch Tränen liefen ihr über die Wangen. Die Gefährten zweifelten daran, dass sie ein Werwolf sei und machten mir schwere Vorwürfe, ob meiner Grausamkeit. Nur Antonius stand auf meiner Seite und erklärte, dass man sie auf diese Weise nicht töten könne. Nur wenn man ihr den Kopf abtrennen würde, um ihn weit vom Rumpf entfernt zu vergraben, wäre sie unwiderruflich tot. Wir beide wussten auch, dass wir schnell handeln mussten, den bald schon würde der Vollmond über die Hügel emporsteigen und die Verwandlung beginnen. Dann wären wir alle rettungslos verloren.

Schon setzte ich das Messer an ihre Kehle. Der Gedanke schoss mir durch den Kopf, wie schwer es sein würde all die Sehnen und Knorpel in ihrem Hals mit diesem halbstumpfen Taschenmesser zu durchtrennen. Hoffentlich würde die Zeit noch reichen. Dann setzte ich zum Schnitt an. Die anderen beschimpften mich und versuchten mich von meiner grausamen Tat abzuhalten. Nur Antonius ermunterte mich, doch endlich zu schneiden. Als ich den ersten Schnitt durch ihre Halsschlagader tat, fiel mein Blick unabsichtlich in ihr tränenüberströmtes Gesicht und in die von Verzweiflung und Schmerz gezeichneten Augen. Eine Welle des Mitleids übermannte mich. Es war mir unmöglich mein grausames Werk zu vollenden. Da, plötzlich, begann sich die Schnittwunde an ihrem Hals in Sekundenschnelle zu schließen. Haare wuchsen in rasender Eile aus zarter Mädchenhaut. Fangzähne prangten im Maul. Die Verwandlung hatte begonnen!

Antonius und ich stürzten aus dem Zelt. Hinter uns hörten wir das Fauchen der wilden Werwölfin und das Todesröcheln sterbender Männer. So schnell uns die Beine trugen rannten wir davon, bis die Bilder des Traumes unter den sengenden Strahlen der Angst zu verblassen begannen, um schließlich ganz zu verlöschen.

In der trockenen Heide

Traumverloren blicke ich aus dem Fenster des Zuges, der eilends dahinrollt. Draußen ziehen nebelverhangene Mittelgebirgslandschaften vorbei. Der Regen fällt auf die herbstbunten Blätter, die sich bald lösen und zur Erde herabfallen werden. Wie sehr nimmt doch eine solche Herbstlandschaft die Seele gefangen. Das Bewusstsein von der Vergänglichkeit allen Seienden rückt näher an uns heran. Der Herbst zwingt uns, zu uns selbst zurück zu kehren. Die Bilder der Seele werden wichtiger als die Erlebnisse, die von außen auf uns einströmen. Und doch kehre ich immer wieder in Gedanken zu dem, was ich in den letzten Tagen erlebte, zurück. Die Woche verrann fast unmerklich. Mittwoch und Donnerstag im Gelände. In der sandigen Heide, die unweit der Ostsee liegt, Ausbildung im Feuerkampf, Errichten eines Checkpoints, Erkunden von Stellungen. Auch auf der Waldkampfbahn wurde geübt. Das Durchkämmen von Wäldern nach feindlichen Kräften wurde durchexerziert. Eine Operation, die mit einer starken Gefährdung der eigenen Truppen verbunden ist. Leicht gerät man in einen Hinterhalt. Selbst hier, während der bloßen Übung, musste scharf darauf geachtet werden, nicht in die Schussbahn befreundeter Truppen zu geraten. Den geübt wurde mit scharfer Munition! Manchmal, so etwa beim Marschieren, hatte ich das Gefühl, als lägen nur ein paar Tage und keine zehn Jahre zwischen meiner aktiven Militärzeit und der jetzigen Übung. Es ist erstaunlich wie leicht man in längst überlebte Zustände zurück findet.

Ich muss umsteigen. In einer Bahnhofwirtschaft halte ich Rast und sehe heute zum ersten Male Soldaten in deutscher Uniform, die russisch sprechen. Es erschien mir sogleich, als würde sich diese Erscheinung auf surreale Weiße in ihrem Innersten widersprechen. Die Veränderungen der letzten Jahre sind gewaltig. Wer hätte es auch vor fünfzehn Jahren für möglich gehalten, dass ich einmal in einer ehemaligen NVA-Kaserne, dreißig Kilometer entfernt von der polnischen Grenze, eine

Wehrübung absolvieren würde? Ich, der ich auf der Westseite des eisernen Vorhangs geboren worden war und als kleines Rad in einem großen Getriebe, als Soldat, den Armeen des Warschauer Pakts entgegen gestanden hatte. Man übte für einen Ernstfall, von dem man hoffte, dass er niemals eintreten würde. Den jedem war klar, dass ein neuer großer Krieg, dass der dritte Weltkrieg, von niemanden zu gewinnen sein würde, sondern in einer allgemeinen Apokalypse enden würde. Und man verstand durchaus jene, die sich verweigerten und Zivildienst leisteten. Aber auch sie würden dem Untergang nicht entgehen und man wollte lieber zu jenen gehören, die sich wenigstens noch mit der Waffe in der Hand wehrten, bevor sie, wie alle anderen, von irgendeiner gewaltigen Explosion atomisiert werden würden. Also wartete man Panzer, MG´s und Kanonen. Marschierte und erlernte das tödliche Handwerk des Soldaten. Hasste den Drill und oft, wenn ich irgendwo in einem matschigen Schützenloch im Wald saß, schaute ich den Jumbojets nach, die in der Sonne glühten und irgendeinem Urlaubsziel zuflogen und wünschte mir ich säße darin und nicht hier in Kälte und Nässe. Manchmal wurde es auch unheimlich. Etwa, wenn wir in die Bunker hinab stiegen, die unter den Kasernen lagen. Zwei Tage und Nächte am Stück verbrachten wir einmal dort unten. Dort sollten wir uns verkriechen, während die Welt oben in Trümmer fallen würde. Und während man auf seiner Pritsche lag, weil es sonst nicht viel zu tun gab, dachte man darüber nach, wie man hier unten langsam wahnsinnig werden würde. Bis in die Träume hinein verfolgte einem das und ich wachte oft schweißgebadet auf, weil Atompilze in einen imaginären Traumhimmel gestiegen waren. Seither hat sich die Welt von Grund auf geändert. Aus zwei Armeen, die sich einst in unversöhnlicher Feindschaft gegenüber standen, wurde eine einzige, so wie auch aus zwei Ländern ein einiges Deutschland wurde. Straßen, die einst im Nichts endeten, führen nun zu neu gewonnen Freunden. Leipzig oder Dresden sind nun keine Städte mehr, die irgendwo unerreichbar in einer fremden Welt liegen, sondern reale Orte, die man zumindest schon einmal besucht und gesehen hat. Und doch herrscht eine seltsame Diskrepanz zwischen der veränderten Realität, zwischen dem Erlebten auch, und dem, man möchte fast sagen, innersten, instinktivsten Gefühl. Es ist, als wären die alten Zustände in den tiefsten Schichten des Bewusstseins noch immer vorherrschend, noch immer mächtig jedenfalls. Wenn der Weltgeist sich einmal in schnellen Tanzschritten fortbewegt, folgt das Denken und mehr noch das Innerste der Menschen ihm nur langsam und zögerlich nach.

Schuld und Verantwortung

Der Soldat, die Schuld, das Gewissen: Die Geschichte des zwanzigsten Jahrhunderts, insbesondere die deutsche, hat gezeigt, dass der Soldat, allein in der Erfüllung seiner Pflicht, schuldig werden kann. Die Verantwortung kann nur zum Teil vom Staat übernommen werden. Das Gewissen bleibt auch hier höchste Instanz. Befehle, die der Menschenwürde zuwider laufen würden, dürfen nicht befolgt werden! Das ist ein Imperativ, der sich leichter schreiben, als befolgen lässt. In gewissen Situationen bleibt nur die Eigenverantwortung. Als Beispiel mag hier der Fall Oberst Graf Stauffenbergs dienen, der sich, obwohl er in der Militärmaschinerie zu funktionieren hatte, und genauso vom Strome der Geschichte mitgerissen wurde, wie alle anderen, sich doch seine geistige Individualität, sein eigenes Gewissen auch, bewahren konnte. Allerdings ist hierfür ein Grad der Hellsichtigkeit, des Mutes und der Verantwortung nötig, wie es kaum von neunzehnjährigen Soldaten, kaum auch von Menschen durchschnittlicher Ausprägung, zu erwarten ist. Umso schwerer lastet die Verantwortung auf den geistigen Führern eines Volkes, und auf den militärischen Führern in den Armeen auch. Wie auch beim Arzt, müsste auch hier eine gewisse humanitäre Bildung Voraussetzung sein.

Aphorsimus IV

Der Gedanke an den Tod verleiht dem Leben erst sein reales Gewicht. Der Augenblick wird kostbar. Die Gewissheit, dass alles Leben von Geburt und Tod eingerahmt und beschränkt wird, lässt in uns einen fast unstillbaren Hunger mächtig und reif werden. Den Hunger, die Existenz bis zur Neige und um jeden Preis auszukosten!

Aus dem Osten

In der Zeitung las ich von einem russischen Rekruten, achtzehn Jahre alt, der aus Hunger die Kantinenwache erschoss. Anschließend plünderte er das Lebensmittellager, schlug sich den Bauch voll und jagte sich endlich selbst eine Kugel in den Kopf. Ein Paradoxon! Der Hunger nach dem, was uns am Leben erhält, wird so groß, dass wir endlich unser Leben dafür geben.

Die Teufelsfalle

Ich träumte, ich würde wieder zur Schule gehen. Am Eingang des Schulgebäudes traf ich denn auch gleich einige Kameraden von früher wieder. Jedoch fand ich mein altes Klassenzimmer nicht mehr. Auch gab es in der Schule viele neue, mir fremde Gesichter. Auch die Mode, die von den Schülern getragen wurde, erschien mir seltsam und ungewohnt. Zudem waren viele der Mädchen und Jungen Migranten, die kaum ein Wort Deutsch sprachen. Da hatte sich aber viel geändert! Das behagte mir gar nicht. Also suchte ich weiter nach meinem alten Klassenzimmer, konnte es aber, obwohl ich immer abgelegenere und einsamere Gänge der Schule durchschritt, nicht finden. Verzweifelt öffnete ich auf der Suche eine Tür nach der anderen und sah erstaunt, dass sich in den zahllosen Räumen oft fantastische und seltsame Dinge abspielten. So etwa sah ich in einem der Zimmer ein Mädchen, über dessen Kopf eine Art elektrische Frisierhaube gestülpt wurde. Als man nun diese wieder entfernte, war ihr vormals langes schwarzes Haar einem rasierten Schädel gewichen, von dem aber drei lange, geflochtene Zöpfe nach allen Seiten hin ab standen. Als das

Mädchen das Resultat der Behandlung im Spiegel betrachtete, fing es in panischem Schrecken an zu schreien, ob der vermeintlichen Verstümmelung ihres Aussehens. „Man wird mich ausstoßen. Niemand wird mehr mit mir befreundet sein wollen", schrie und klagte sie. Ich aber wusste durch übersinnliche Hellsichtigkeit, dass eben diese Art Frisur bald allgemeine Mode werden würde. Ich sah das wie jemand, dem der Blick in die Zukunft eine alltägliche Erscheinung bedeutet. Von Oben herab sprach eine mächtige Stimme: „Auf die seltsamste Weise, werden oft die Moden kreiert."

In einem anderen Zimmer beobachtete ich einen alten Mann, der wohl ein weiser Magier sein musste, der aber auch eine gewisse Ähnlichkeit mit mir selbst hatte. Ich sah ihn allerlei undurchschaubare Verrichtungen ausüben. So machte er sich an einer Schachtel zu schaffen, die allerlei hohle und glatt polierte Holzstäbchen in den verschiedensten Längen enthielt. Er wohnte in einem winzigen Turmzimmer der Schule. An einer Hauswand gegenüber prangte ein großes Plakat, auf dem das Mädchen mit dem glatt rasiertem Schädel und den drei Zöpfen Werbung für irgendein Produkt machte. Aha, man hatte die neue Haarmode also schon entdeckt! Der Kommerz war angelaufen. Ganz in der Nähe gab es auch einen Friseursalon, der auf großen Plakaten damit Werbung machte, dass er einem jedem mit der Frisur des Mädchens beglücken könnte.

Am Abend dann stieg der Teufel in das Turmzimmer des alten Mannes ein, um ihn zu holen. Der Teufel hatte einen kahlen Schädel und dunkel-rötliche Haut, unter der sich pralle Muskeln abzeichneten. Plötzlich begann vor dem Fenster des Turmzimmers eine Art hölzernes Windrad schneller und schneller zu rotieren, dass der alte Mann konstruiert hatte. Dazu sprach eine mächtige Stimme: „Im Rund soll der Teufel gefangen sein!"

Dieser stutzte nun. Vor ihm, an den Wänden, erschien die heilige Drei in römischer Schreibweise. Auch brannten nun im Raum mehrere dreiarmige Leuchter. Der Teufel hatte sich in der magischen Falle gefangen, die der Alte konstruiert hatte. Wieder sprach die mächtige, unsichtbare Stimme. Diesmal in langen gelehrten Sentenzen. Die Sprache war so von altertümlichen Ausdrücken überfrachtet, dass ich den Sinn der ganzen Ausführung kaum verstand. Nur zwei Sätze blieben haften: „In jener Zeit begann der Philosoph Sartre zum Tyrannen aufzusteigen." und „Das ist indische Gelehrsamkeit im Zeitalter des Faust."

Aphorismus V

Man muss den Schmerz, das Leid, alles Dunkle und endlich auch den Tod bejahen - um L e b e n zu können.

Kosmische Schatten

Ich stehe oben auf dem höchsten Plateau der Burg. Rötliche, wie von Blut durchtränkte Sandsteinmauern fallen steil zum Talgrund hin ab. Durchbrochen werden sie nur von labyrinthischen Aufgängen und niedrigen, aus dem Fels gehauenen Torbögen. Der Regen ritzt feinste Linien in das Bild. Menschen, kaum wahrgenommen, stehen als stumme Beobachter umher. Das Schauspiel beginnt plötzlich und ohne Vorwarnung. Wie ein fremdes, dunkles Luftwesen legt sich mit einem Male ein riesiger Schatten auf die tiefhängenden, geschuppten Regenwolken. Totenstille ringsumher. Selbst die Vögel sind verstummt. Dunkelheit ergießt sich mit er-schreckender Geschwindigkeit über das Land. Unten im Tal blinken vereinzelte Lichter auf, wie letzte Zeugen einer bewohnten Welt vor dem Untergang. Für Sekundenbruchteile breitet sich Urangst wie ein schwarzer Teppich über die Szenerie. Dann, mit der Sprunghaftigkeit des Traumbilds, fällt jäh fahles Licht auf die Felder am Fuße des Burgbergs. Wie ein Vexierbild hängt die Sonne als schmale, kraftlos scheinende Sichel hinter dünnen Dunstschleiern. Der Eindruck des Traumartigen, Unwirklichen in den Bildern wird mit einem Male fast überstark. Der kosmische Ausnahmezustand durchbricht die Realität. Mit dem Gefühl das Universum bei einem seiner exklusivsten Träume belauscht zu haben, steige ich schließlich von dem labyrinthischen Burgberg herab.

Es

Zwischen Schlaf und Wachen erhaschte ich flüchtige Bilder vor rot gefärbtem Hintergrund. Schlanke Ranken einer unbekannten Pflanzenart begannen ES zu umschlingen. Kaum Augenblicke benötigten sie um zwei, drei Zentimeter empor zu wachsen. Das glich eher animalischer Bewegung auf niedriger Intelligenzstufe, als friedlicher Vegetation. Kam es daher, dass den Traumbildern etwas untergründig Dämonisches und Gefährliches anhaftete?

Das Ringen um die Form

Das, was ich mit diesen Aufzeichnungen im Sinn habe, wäre vielleicht auf vielerlei Weise auszudrücken gewesen. Im Roman, in der Novelle, im Essay. All diese literarischen Gattungen wurden in Betracht gezogen, teilweise auch praktisch erprobt. Warum aber blieb allein die Stakkato-Form vereinzelter, unzusammenhängender Prosastücke übrig?

Als ich begann über diese Aufzeichnungen nachzudenken, da hatte ich in Etwa folgendes im Sinn: Ich wollte so etwas wie ein literarisches Experimentierfeld schaffen. Das Leben nicht aus dem Blickwinkel des Elfenbeinturmbewohners, sondern Leben und Literatur eng miteinander verwoben, kaum voneinander zu lösen. Eine solche Symbiose schwebte mir vor. Eine solche Symbiose strebe ich auch jetzt noch an. Das Leben ist aber nun einmal von einer ungeheuren Komplexität, vielschichtig und von tausenderlei Sinnbezügen durchwoben. Bald begannen mich die verschiedensten Themen zu beschäftigen. Fragen schrien nach einer Antwort. Bilder wollten geboren werden. Kaum war eine Form denkbar, die all dies in sich aufzunehmen im Stande wäre. Der Roman? Ist hier nicht der Geist unentrinnbar an ein enges Schema, an die mehr oder weniger starre Form des Handlungsablaufs gekettet? Ich aber wollte das Leben in all seiner beinah schizophrenen Vielschichtigkeit, in all seinen labyrinthischen Verzweigungen, umfassen. Von Ketten jeglicher Art hatte ich genug. Die Freiheit! Das sollte eines meiner Losungsworte sein. Die Freiheit, sowohl im Leben, als auch in literarischen Dingen.

Im Übrigen, so denke ich, lassen sich diese Aufzeichnungen ebenso als eine Art Roman lesen. Der Roman eines Labyrinths, eines Stück Lebensweges, der erst im Gehen Form und Gestalt gewinnt. Nur ist eben der Protagonist keine fiktive Figur, mehr oder weniger abgespalten vom Autor, der ihn erschuf, sondern eben der Autor selbst. Handelnde Figur und reflektierendes Bewusstsein in einem.

Man könnte natürlich die Frage aufwerfen, ob ich denn überhaupt interessant genug sei um etliche Seiten eines Buches zu füllen. Darüber mag letztendlich der Leser urteilen. Jeder jedoch, der es vermag das Persönliche ins Allgemeine zu transzendieren, hat etwas zu sagen. Wenn es gelingt den Urgrund der Dinge zu berühren, dann tritt gültiges zu Tage.

Darüber hinaus erscheint es mir, als wäre ich in diesen Minotaurosjahren in einen Zustand eingetreten, in dem das Leben eine kataraktische Beschleunigung erfährt und sich vielerlei Hinsicht wandelt. Das dreißigste Lebensjahr ist überschritten. Das Alter tritt zum ersten Mal deutlich in den Bannkreis des Bewusstseins. Die Jugend jedoch ist noch nicht völlig dahin geblutet. Doch spielt die Zeit eine gesteigerte Rolle. Wenn neues eintritt, werden gewaltige Energien frei. Nicht nur die Zeit, sondern auch das Denken und Empfinden erfahren eine überraschende Beschleunigung. Das Leben häutet sich. Diesen Prozess darzustellen und zugleich die Tiefe dieses einmaligen Lebensabenteuers auszuloten, dafür erscheinen mir diese Prosastücke, die sich Stellenweise beinahe dem Tagebuch annähern und doch als etwas ganz anderes gedacht sind, das am besten geeignete Medium zu sein.

In Totenhäusern I

Der Leichnam liegt starr und künstlich im geöffneten Sarg. Die knochigen Finger ineinander verschlungen, als wären sie unter starken Druck erstarrte Gebilde. Die leere Form der Schlagader zeichnet sich in überdeutlicher Plastizität am Halse ab.

Versteinertes Leben. Der Mund ist, wie im plötzlichen Erstaunen, zum schmalen Schlitze geöffnet. Ich blicke in das Gesicht teils mit einer abstrakten, höheren Neugier, teils wie man in einen kalten Spiegel blickt, der eigenes, unabwendbares Schicksal prophezeit. So wirst auch du einmal enden! Der Tod vermag mich zwar nicht mehr so sehr wie einst zu schrecken, seit ich ihm zwei- dreimal im Leben ins Auge blickte, doch berührt die Frage nach dem Sinn im Tode das Innerste unseres Menschseins. Hier betreten wir Grund, auf dem keine Wissenschaft, keine Philosophie Fuß zu fassen vermag. Hier endet alle Gewissheit. Ja selbst bloße Wahrscheinlichkeiten vermögen nicht das Unerbittliche dieser letzten Grenze zu durchdringen. Dabei erscheint mir freilich die Frage was danach kommt, die für viele Menschen synonym mit dem ganzen Problem zu sein scheint, in Wahrheit den Kern der Dinge nicht zu berühren. Sie lässt sich auf ganz verschiedene Weise beantworten. Und sie wurde von allen Religionen und Denksystemen auf verschiedene Weise beantwortet. Doch allein dies weist schon auf die Relativität der Antwort hin. Ob unser Leben in einen großen Kreislauf der Wiedergeburt eingebettet ist, oder in ein göttliches Jenseits, oder ins Nichts mündet, das ist ein Streit der Kulturen und bleibt somit im Diesseits. Das unerforschliche Jenseits bleibt von solchen Streitigkeiten unberührt. Doch die Verheißung der Erlösung im Tode ist allen großen Religionen eigen. Sie ist deren letztes Mysterium, ihr ewig sprudelnder Urquell, aus dem ihre unverbrüchliche Kraft emporsteigt. Daran gemessen bleibt es im letzten Grunde zweitrangig, woran wir glauben, wenn nur dieses Mysterium in unserem Inneren lebendig wird.

Nachtdunkel

Unterwegs im nächtlichen Wald. Eine innere Unruhe trieb mich zu später Stunde noch einmal hinaus. Es ist eine sternklare Nacht. Nur noch wenige Tage bis Vollmond. Die Büsche und Bäume ringsum leuchten in einem eigenartig phosphoreszierenden Licht, fast so als wären sie von einer hauchdünnen Silberfolie überzogen. Der Wald ist erfüllt von tiefem Schweigen. Nur einmal lässt sich die Stimme eines Tieres im tiefen Unterholz vernehmen. Oder sind es die Schreie der Verdammten? Wie dämonische Schatten ewiger Schuld senken sich die nachtdunklen Baumgestalten in die Seele ein.

Klippenträume

Der Volksglaube meint, dass „Rauhnachtsträume" zukunftsweisend seien. Ich will dies nicht bestätigen. Will es aber auch nicht völlig ausschließen, wenn auch in mantischen Dingen grundsätzlich eine gewisse Skepsis angebracht ist. In jedem Fall scheinen in den Rauhnächten verborgene Strömungen der Seele mehr als sonst an die Oberfläche des Bewusstseins zu drängen. Dies gilt auch für die Träume, die aus den dunklen Tiefen der Psyche aufsteigen. Sie scheinen intensiver, mit Bedeutungen aufgeladen und von einer feinkörnigeren Konsistenz zu sein. Ihre Bilderfülle schwillt an. Auch verwischt sich die Grenze zwischen Tag und Nacht. Zum wiederholten Male Klippenträume. Ob sie mich warnen wollen? Welche Klippen des Lebens erwarten mich in der kommenden Zeit?

Die Eismaske

Schlaflos in kristallener Vollmondnacht. Die Verwandlung beginnt plötzlich und wie aus tiefen, kosmischen Nebeln heraus. Ein zunächst unbestimmtes, leichtes Schmerzen der Gesichtsmuskulatur steigert sich bald bis zur Unerträglichkeit. Mein

Gesicht beginnt zu versteinern, beginnt zu einer unbeweglichen Maske, zu einer grausam verzerrten Fratze zu erstarren. Weniger wie in einem Spiegel, als vielmehr so als stünde ich außerhalb meiner selbst, betrachte ich diese statische, in eine bösartige Monotonie versunkene Steinmaske, die mein Gesicht ist. Geschlossene Augenlider. Der Mund zu einem leichten, angst machenden Grinsen verzogen. Hinter all dieser Statik und Selbstversunkenheit spüre ich ungeheure, in sich gebündelte Energien tätig, deren dämonische Ausstrahlung alles Leben zu erschreckenden Vexierbildern paralysieren zu wollen scheint. Immer noch mehr und mehr gefriert die Maske zu absoluter Unbeweglichkeit, erstarrt in monomanischer Selbstanbetung. Eine abstrakte Eiseskälte lässt alles Leben in mir ersterben. Dämonische Lichtbögen illuminieren mein Gehirn in den Neonfarben geisterhafter Polarlichter. Ich befinde mich auf einsamer Fahrt in arktischen Eiswüsten. Bald werde ich selbst zu Eis gefrieren. Zu einem bösartigen, kristallenen Bildnis erstarrt, wäre ich für Äonen ein Schrecknis der Sterne, die über den endlosen Eisfeldern auf ewig ihre Bahn ziehen. Vergeblich versucht der Mund der Maske einen Schrei des Entsetzens und des unerträglichen Schmerzes zu formen. Vergeblich lechze ich zwischen reglosen Eisbergen nach Erlösung.

Hypergirl V

Ariadne, die Prinzessin der nordischen Inseln - seit langem dreht sich mein Denken und Empfinden um sie. Sie steht hoch über einer weiten, nordischen Landschaft auf einem vulkanischen Gebirgsrücken. Immer schneller werdend, umkreise ich sie auf konzentrischen Bahnen. Wie von einem Strudel oder Malstrom werde ich zu ihr hinabgezogen, stürze wie ein Komet, der von der Sonne eingefangen wird in rasender Schnelligkeit auf sie zu. Ein- zwei- Mal umkreise ich sie in Augenhöhe, sehe für Sekunden in ihr Gesicht, in ihre Augen. Dann, unverhofft und plötzlich, stürze ich in sie hinein. Dunkelheit, die im Takt ihres Herzens pulsiert! Immer schneller falle ich vorwärts, hinab. Die Zeit scheint sich unendlich zu dehnen, als würde sie von unendlicher Gravitation verzerrt. Agonie und Geburt verschmelzen ineinander. Endlich scheine ich lichteren, freieren Zonen entgegen zu stürzen. Mitten in einem weiten Meer sehe ich grünes, doch felsiges Land. In ihrem Innersten verbergen sich Inseln, die, obwohl ich sie nur für Augenblicke und von Ferne erblicke, wie Zonen eines neuen, gesteigerten Lebens auf mich wirken. Wie Zonen der Hoffnung auch. Ich will die Segel setzen! Steuere mein Schiff auf den unendlichen Ozean ihrer Seele hinaus.

Hunting

Woher dieser unstillbare Hunger nach Erleben, nach äußeren und inneren Abenteuern? Woher diese Unruhe des Geistes? Warum dieses rastlose Streifen durch die Räume der Wirklichkeit bei Tag und bei Nacht, das teils wie in einem somnambulen Traumzustand, teils mit einer übersteigerten Schärfe der Wahrnehmung geschieht?

Die Jagd, das Abenteuer – das sind Dinge, in denen das Leben sich verwirklicht. Das Leben, das in uns glüht, will sich seiner Macht bewusst werden. Dazu hat es die Wirklichkeit nötig, in der es seine Räume und Freiheiten, aber auch seine Gegner und Hindernisse findet, an denen es sich messen und an denen es wachsen kann. Das Leben selbst, alle Formen des Erlebens und des Erprobens der eigenen Kraft, das ist der große Imperativ des Lebens!

Herbstzeitlose

Zu früher Stunde im Wald. Das Wasser des nächtlichen Regens tropfte noch immer von den Bäumen ringsumher. Ein feiner Dunst hing über den Gräsern und Büschen. Die ersten Strahlen der Morgensonne vergoldeten die Wipfel der hohen Tannen. Schon sprenkelt das Violett der Herbstzeitlosen die Wiesen, wie der letzte zarte Traum des sterbenden Sommers.

Dahinwelken

Die ersten Nachtfröste. Am Morgen ist die Wiese vor dem Haus von einer dicken Schicht Raureif bedeckt. Schon stehen die Pflaumenbäume kahl im Wind. Das Schauspiel des langsamen Erfrierens, des Dahinsterbens der Welt - obwohl oft schon erlebt, fallen doch in jedem Herbst Schatten der Trauer und der Schwermut auf die Seele.

Die spiddelische Krankheit

In Südafrika. Auf der anderen Seite der Erde war es jetzt Frühling. Frisches Laub. Der Löwenzahn und andere Frühlingsblumen sprießten auf den Wiesen. Gedanke: „Bei uns daheim welkt das Laub und hier ist der herrlichste Frühling." Diese Vorstellung erweckte in mir eine tiefe Melancholie und Trauer. Ich begann zu weinen. Es war mir unmöglich die Tränen zurückzuhalten. Ein Strudel des Schmerzes begann mich in tiefe Schründe hinabzuziehen. Immer heftiger, mit der elementaren Gewalt eines Naturereignisses, liefen mir die Tränen über die Wangen. Schließlich weinte ich Blut. „Das ist die spiddelische Krankheit", sagten sie mir im Hospital. „Daran stirbt man!"

Minotauros

Ich irre durch labyrinthische Gänge. Dunkel umfängt mich. Der Boden, der seltsam weich und warm zu sein scheint, verschluckt jeglichen Hall meiner Schritte. Ich taste mich mit den Händen an den Wänden entlang. Auch diese sind seltsam weich und manchmal scheint es mir fast sie höben und senkten sich im Rhythmus eines fremden Atems. Ich weiß nicht, wo ich mich befinde, noch weniger wohin ich mich wenden soll. Haben meine Bemühungen einen Sinn? Strebe ich dem Ausgang, der Freiheit zu; oder taste ich mich nur immer tiefer in das Labyrinth hinein, verirre mich unrettbar in den dunklen Gängen und Windungen?

Plötzlich öffnet sich vor mir eine Kammer, die von einem diffusen, doch starken Licht erhellt wird, das sich gleichmäßig über Boden und Wände verteilt, dessen Quelle und Ursprung jedoch nicht auszumachen ist. Es ist fast als würde die Materie selbst, von innen heraus, leuchten. Augenblicklich erstarre ich in höchster Angst. In der Mitte des Raums, auf einem erhöhten, steinernen Podest, sitzt unbeweglich und in sich versunken ein Wesen, dessen animalisch, dämonische Gefährlichkeit bereits der erste, schaudernde Blick errät. Dabei ist das Wesen nicht ohne eine gewisse, unheimliche Schönheit. Der muskulöse, gewaltige Körperbau zeugt von einer stählernen Wucht. Zugleich lässt er auch, selbst jetzt im reglosen Zustand, eine ungeheure Geschmeidigkeit und Schnelligkeit, namentlich im Zuschnappen und Packen der Beute, erahnen. Über die wuchtige Muskulatur spannt sich eine metallisch glänzende Haut, deren Farbtöne vom dunkelsten Rot bis in das Schwarze hinüber spielen. Der ganze Körper des Wesens ist von einer unnatürlichen, geometrischen Regelmäßigkeit. Die Gesichtszüge sind hinter der quadratischen Form, der jedoch eine gewisse Rundung und Weichheit nicht fehlt, nur zu erahnen. Das Wesen scheint ganz in einer Art Trance erstarrt zu sein.

Doch selbst in der Ruhe strahlte es eine ungeheure, dämonische Energie aus, die alles ringsumher durchdringt und wie unter schwarzen Eis erstarren lässt.

Lange und mit zunehmender Angst betrachte ich den sitzenden Dämon. Es ist mir unmöglich mich von diesem Idol loszureißen. Wie unter einem hypnotischen Zwang starre ich auf die sitzende Gestalt. Da plötzlich, kaum wahrnehmbar, scheint die Gestalt aus ihrer Trance zu erwachen. Regte sich da nicht der gewaltige Arm? Spannen sich da nicht feine Muskelfasern in vorbereitender Aktion? Gleich werden sich Krallen in meine Kehle, in mein Herz bohren. Die beginnende Panik, das ungeheure Entsetzen, die in einer gewaltigen Woge über mir zusammenschlagen, löschen schließlich die Bilder aus und lassen mich in ein zitternd atmendes Nichts stürzen.

Der schwarze Spiegel

Ich stelle mir diese Aufzeichnungen wie einen schwarzen Spiegel vor, den ich von Zeit zu Zeit aus meinem Zauberkabinett heraushole. Und dieser Spiegel mit seinem dunkel und gefährlich glänzenden, glatt poliertem Glase, hat fürwahr magische Fähigkeiten. Er bildet die Welt auf eine ganz eigene, ungewöhnliche Weise ab. Jeder Gegenstand, jedes Geschehnis nämlich, das von ihm widergespiegelt wird, verliert sein alltägliches Aussehen, sein vertrautes Gesicht. Die Nachtseiten der Welt, die sonst unter den dünnen Decken der Gewöhnlichkeit zitternd verborgen liegen, treten offen und nackt zu Tage. Das Geheime und Verborgene, das gleichwohl stets und überall unterhalb der faden Melodie der Alltäglichkeit mitschwingt, tritt mit einem Male offen zu Tage. Wie seltsam etwa spiegelt sich der Rauch der Zigarette, die ich soeben angezündet habe, in jenen schwarzen Spiegel wieder. Da ist nicht nur jener dünne, quirlige Faden dünnen, blauen Qualms, der sich langsam und spiralig nach oben windet (dies zu sehen ist einem genauen Beobachter auch auf der Ebene der Alltäglichkeit möglich); nein, dahinter und darunter spielen noch zahlreiche andere Bedeutungen in diese scheinbar so einfache Beobachtung mit hinein. Gerade im geschliffenen Glas des schwarzen Spiegels wird die Erscheinung mit einem Male geisterhaft. Eine immaterielle Form, die Leben an sich zu ziehen scheint, indem sie Materielles verzehrt und in reine Energie, vielleicht in tödliche Strahlung verwandelt. Und eben so scheint auch die Zeit das Leben zu verzehren, es in bloße Erinnerungen aufzulösen, die noch eine Zeitlang ihr schattenhaftes Dasein fristen, bis auch sie sich in Raum und Zeit auflösen werden.

Der Erdgeist

Rauhnächte. Die Traumbilder zerfließen zu flüssigem Gold – sie werden überreich. Vereinzeltes kann nicht mehr auskristallisieren. Der Schlaf gleicht einem Gang durch labyrinthische Kammern mit goldenen Wänden, die prall mit ungesonderten Schätzen angefüllt sind. Trifft der Blick auf ein kunstvolles Geschmeide, auf eine Truhe mit Traumgold, wird es sofort von noch funkelnderen, noch wertvolleren Schätzen abgelenkt. Am Morgen verblasst selbst die Erinnerung an die Schatzkammern. Nur das Gefühl des Überflusses bleibt zurück.

Im scharfen Gegensatz dazu steht das körperliche Tief, durch das ich in diesen Tagen hindurchgehe. In der Zeit des Interregnums zwischen den Jahren, bewege ich mich in Grenzgebieten zwischen Gesundheit und Krankheit. Es scheint, als bliebe nicht mehr genügend Energie für die körperlichen Vorgänge übrig. Alle Lebenskraft zieht sich in das Innerste zurück. Der kosmische Wendepunkt des Jahres findet seine Entsprechung auch im Mikrokosmos des Körpers.

Dieses Zurückziehen auf sich selbst, auf den innersten Kern, findet sich in diesen Tagen überall. So etwa wird man bei Waldeinschlägen zur Zeit der Rauhnächte das härteste und beste Holz gewinnen. Das Leben versteinert. Venedigs Fundamente ruhen auf Balken, die zu dieser Zeit geschlagen wurden. Auch im Baum ziehen sich um die Jahreswende die Lebenssäfte bis auf den Kern zurück. Der Mensch aber beginnt nun, in die tiefsten Schichten seines Inneren hinabzusteigen. Dort kann unerwartetes Eintreten. Die Membran zwischen den Welten wird dünner. Deshalb wurden früher die Rauhnächte mit dem Geister- und Totenreich in Verbindung gebracht. Dies ist nicht nur dem Traum günstig. Auch Abstiege anderer Art werden erleichtert.

Vor mir, auf der grünen Marmorplatte des Tisches, liegen getrocknete Psilocybe ausgebreitet, psychoaktive Pilze, die ich im Herbst auf heimischen Wiesen sammelte. Es dürfte sich dabei um die Art Psylocebe semilanceata handeln, den Spitzkegeligen Kahlkopf, der in Mitteleuropa häufig anzutreffen ist, jedoch Weltweit, sogar in Australien, verbreitet ist. Als Kulturfolger des Menschen ist er im Flachland von Norddeutschland ebenso anzutreffen, wie auf den Wiesen der Mittelgebirge und den Almen der Alpenländer. Seine Fruchtkörper reifen bereits im Spätsommer und Frühherbst. In dieser Zeit sammelte ich auch die Exemplare, die vor mir liegen. Zum Trocknen auf einem Bücherschrank ausgebreitet, schrumpften sie innerhalb weniger Tage zu jenen Pilzmumien zusammen, die ich nun vor mir auf den Tisch liegen habe. Gespeicherte Vegetations- und Erdkraft für die dunkelste Zeit des Jahres.

Im Valcamonica, diesen seltsamen Tal in den italienischen Alpen, das in Europa einzigartig ist und auf dessen ganzer Länge prähistorische Felszeichnungen zu finden sind, soll der Pilz seit 10 000 bis 12 000 Jahren heimisch sein und seit der Steinzeit in schamanischen Zeremonien Verwendung finden. Dort gibt es denn auch Felsbilder, die die Anwendung des Pilzes als Zauberdroge darstellen. Und das Wissen um die Kraft des Pilzes soll sich seither kontinuierlich über die Generationen hinweg fortgepflanzt haben. Im Mittelalter waren es Hexen, die das Geheimnis um den Pilz bewahrten und weitergaben. Auch bestimmten nomadischen Völkern in den Alpen, soll Psylocebe semilanceata als „Traumpilz" über Jahrhunderte hinweg bekannt gewesen sein. So wurde den auch der Chemiker Albert

Hofmann, der zuvor schon in mexikanischen Pilzen die Rauschstoffe Psylocibin und Psylocin entdeckt hatte, von einem Bewohner der Schweizer Berge darauf aufmerksam gemacht, dass auch dort psychoaktive Pilze zu finden sind. Eben jene der Art Psylocebe semilanceata. Ich frage mich, wo mein Platz in dieser langen Kette der Überlieferung und Anwendung des Pilzes ist? Suche ich, wie einst die Schamanen, die Hexen, Kontakt zur Geister- und Dämonenwelt? Nein, natürlich nicht, doch wird auch hier, wie dort, eine Verwandlung eine Fortentwicklung des eigenen Inneren angestrebt. Die kleinen Pilzmumien sollen dabei als Fahrzeuge dienen, als Vehikel, die denjenigen, der darin einsteigt, nicht nur an einen anderen Ort bringen, sondern auch neue Einsichten ermöglichen. Ein didaktisches Mittel unter anderen. So wie etwa auch das Reisen und gute Bücher. Medien, durch die man hindurch schreitet, um dann gewandelt wieder daraus hervorzugehen.

Mit einem Ruck hole ich mich wieder in die Realität zurück, beende meine Gedankengänge. Lange genug habe ich nun unentschlossen auf die kleinen, unscheinbaren Gebilde gestarrt, die vor mir ausgebreitet liegen. Auf ihre beige-braunen Hüte, die verschrumpelt sind und wie zusammengeknülltes und zerfetztes Pergament wirken und auf die strohigen, mandelfarbigen Stiele, die sich mir entgegenstrecken wie ziehende Fangarme eines fremden, außerirdischen Wesens. Der Anblick verrät nichts über das Potenzial, das in diesen getrockneten Pilzmumien schlummert und nur darauf wartet, freigesetzt zu werden. Und doch gleichen sie gut gerüsteten Schiffen, Vehikeln für psychonautische Abenteuerfahrten in die Tiefseeregionen der Seele.

Obwohl tödliche oder lebensgefährliche Dosen des Psylocibin kaum bekannt sind, bin ich doch vorsichtig. Für alle Fälle halte ich ein Brechmittel bereit. Ich bin in dieser Hinsicht ein gebranntes Kind. Für eine Freundin, treffender sollte man sagen für eine nähere Bekannte aus der Jugendzeit, sie möge hier Marie heißen, nahm eine solche Abenteuerfahrt auf den Schwingen der Drogen einmal eine fatale, fast tödliche Wendung. Sie hatte irgendetwas genommen, von dem ich bis heute nicht weiß, was es war. Ihr Zustand schlug bald ins Bedrohliche um. Ständig drohte sie uns zu entgleiten. In ihr musste sich eine gewaltige, alles verschlingende Müdigkeit ausgebreitet haben. Eine Müdigkeit, die auf Außenstehende beängstigend wirkte. Vielleicht würde sie tiefer hinab gleiten als nur in das Reich des Schlafs. Die Gefahr war unmittelbar zu spüren. Hinter dem Schlaf lauerte der Tod. Also versuchten wir

Marie mit allen Mitteln wach zu halten. Wir schlugen sie sogar einmal mit der flachen Hand ins Gesicht um sie am Einschlafen zu hindern. Auch führten wir sie umher, redeten beständig auf sie ein. Aber selbst im Gehen drohte sie hinüber zu dämmern.

Letztendlich gelang es uns aber doch, Marie über die kritische Zeit hinweg zu lotsen. Viel später wurde mir von kompetenter Seite bestätigt, dass unser Eindruck nicht getrogen hatte und das die Sache tatsächlich gefährlich gewesen war. Auch das wir, indem wir sie wach hielten, instinktiv das richtige getan hatten. Für mich waren das frühe und einprägsame Erlebnisse. Danach hatte ich eine Zeit lang Albträume, in denen ich unter Zwang mit überdimensionalen Spritzen die verschiedensten Drogen injiziert bekam. Jedenfalls bewahrte mich die Sache vor eigenen Experimenten. Und das über gut eineinhalb Jahrzehnte hinweg. Nun aber, in den Minotaurosjahren, in denen der Drang nach Neuem stärker ist als jegliche Angst, war das Bedürfnis auch einmal Erfahrungen in den „künstlichen Paradiesen" zu sammeln, wie Baudelaire, in Zusammenhang mit dem Haschisch, die Zonen genannt hatte, in denen die Droge regiert, übermächtig geworden,. Kein Ort der Äußeren oder Inneren Welt ist entlegen genug, als dass er nicht magnetische Anziehungskraft auf einen abenteuerlich gesinnten Geist gewinnen könnte. Und im eigenen Inneren liegen noch Wüsten und Urwälder, die kaum je befahren worden sind. Dort liegt das wahre, innere Afrika.

Das Wissen um die Gefahr ist also gegeben. Hier liegt die Verantwortung des Einzelnen. Diese Verantwortung kann einem letztendlich kein Staat und keine Gesetzgebung abnehmen. Es kann für dem Suchenden notwendig sein und zur Pflicht werden, einmal auch zu künstlichen Schlüsseln zu greifen um in die inneren Kammern der Materie und der Zeit vorzudringen. Doch der wahre Abenteurer sucht auf seinen Fahrten das autonome Erleben, nicht Flucht oder Vergessen. Verliert er sich in den Labyrinthen der Droge, hört er auf autonom und Abenteurer zu sein. Er wird zum Gefangenen des Minotauros.

Der Geschmack der getrockneten Pilze, ist mit keinem bekannten Geschmack zu vergleichen. Doch ähnlich, so stelle ich mir vor, müsste uraltes, tausendjähriges Pergament schmecken. Langsam zerkaue ich die strohigen, festfasrigen Gebilde. Ich schlucke langsam und in Abständen eine Handvoll der kleinen, getrockneten Pilzmumien hinunter. Das ist schon eine recht ordentliche Dosis. Hinzu kommt, dass ich vorher schon einiges an Wein getrunken habe. So setzt die Wirkung augenblicklich und verstärkt ein. Wie von sanften Strudeln werde ich schnell immer tiefer in ein dunkles Meer bleierner Müdigkeit hinabgezogen. Fast übersteigt es meine Kraft mich noch zum Bett zu schleppen. Kaum liege ich, falle ich augenblicklich in einen bleiernen, traumlosen Schlaf, der fast einer Ohnmacht gleicht. Angereichert mit unmittelbarer Erdkraft, entführt mich der Pilz während dieser Nacht in endlose, unterirdische Höhlen und Schachtgänge. Vollkommen bildlos ist der Schlaf, doch bleibt er nicht ohne Einblicke. Einblicke freilich, die jenseits, oder besser unterhalb der Bilderwelt bleiben. Der in den Pilzen konzentrierte Erdgeist ruft ein dumpfes, doch auch tiefes Empfinden hervor. Hat die Materie selbst so etwas wie eine Wahrnehmung, so gleicht sie sicher diesem dumpfen, bildlosen Traum dieser Nacht, der doch zugleich mit ungeheurer Kraft, mit endlosen Potenzen, angereichert ist. Er beinhaltet alles was Erde bedeuten könnte. Er beinhaltet den Moder des Grabes, doch auch die Lebenskraft, die die Pflanzen aus der Erde ziehen. Er beinhaltet uraltes Geheimnis und neue Gestaltung. Er beinhaltet Wachstum und Vergänglichkeit, Geburt und Tod, Traum und Realität. Und über all dem lastet zugleich eine ungeheure Schwere. Eine Schwere und Trägheit, die jede Empfindung, jedes Leben zu verschlingen droht. Eine umfassende Passivität, die aus eigener

Kraft zu keiner Formung fähig scheint und aus der doch alle Formen hervortreiben. So träumt die Materie von ihren künftigen Gestaltungen.

Verdun

Reisen durch Zeit und Raum mittels der Television. Zunächst wurde eine historische Betrachtung über die ersten zwanzig Jahre des ausklingenden Jahrhunderts gesendet. Das neue Säkulum, das mit der Weltausstellung in Paris so hoffnungsvoll begonnen hatte, versank bald in einer Katastrophe, deren Ausmaß man vorher nicht im Entferntesten zu ahnen vermochte. Der erste Weltkrieg. Millionenheere wurden in eine, ins Ungeheure gesteigerte Vernichtungsmaschinerie geworfen. Von den gezeigten Bildern blieben besonders die widrigen Einzelheiten des Grauens haften. Zerfetzte und halb verweste Leichen. Pferdekadaver. Landschaften wie den Horrorvisionen der Apokalypse entsprungen.

Bei Verdun wurde Division um Division in das furchtbare Feuer der Vernichtung geworfen. Als die endlosen Marschkolonnen am fanzösischen Hauptquartier hinter den Kampflinien vorbeimarschierten, blökten einige der Männer wie Schafe, die zur Schlachtbank geführt werden.

Das Unsinnige des Sterbens und Leidens tritt im Rückblick überdeutlich und erschreckend hervor. Die beiden großen Kriege des zwanzigsten Jahrhunderts werfen auch heute noch lange, düstere Schatten in die Seelen der Nachgeborenen. Ähnlich mag es wohl auch den Generationen gegangen sein, die auf dem dreißigjährigen Krieg folgten. Der einzige Sinn, der sich einem solchen Geschehen abringen lässt, ist der, dass die Katastrophe auf ewig zum Mahnmal für kommende Generationen dasteht. Nur wenn wir Nachgeborenen aus der Geschichte lernen, war der Tod der Millionen nicht völlig umsonst.

Konrad Lorenz

Im Anschluss und gewissermaßen zur Erholung, verfolgte ich noch ein einstündiges Interview mit Konrad Lorenz. Er gehört zu den Gestalten, die früh schon mein Denken beeinflussten. Unter anderem durch ihn, das heißt durch die Lektüre seiner Werke, verlor ich mein Urteil, dass Wissenschaft langweilig und eine Beschäftigung für Krämerseelen sei, welches ich wohl zuallererst im Physikunterricht der Schule fasste. Dort musste ich beispielsweise eine ebenso langwierige, wie langweilige Betrachtung über Kugeln, die eine schiefe Ebene hinab rollten, über mich ergehen lassen, während draußen vielleicht die Sonne schien und das richtige Leben wartete. Oder man malte Buchstaben, die auf eine gewisse, streng geregelte Weise, mit Strichen verbunden waren und irgend etwas mit Molekülen und so indirekt auch mit richtigen Dingen zu tun haben sollten. Begriffen habe ich damals davon wenig und bin oft vor Langeweile schier gestorben. Dann, als ich mit Lorenz Büchern bekannt wurde und ziemlich zur selben Zeit auch mit den Gedanken und Theorien anderer großer Wissenschaftler, ging mir zum ersten Mal auf, wie schön die Beschäftigung mit wissenschaftlichen Themen doch sei und wie die Wissenschaft uns, ähnlich wie die Kunst und die Philosophie, doch bis ins Innerste bewegen und umzuformen vermag. Bei Lorenz ging es nicht um fallende Kugeln. Es ging um richtige fühlende und handelnde Tiere. Es ging um die Unterschiede und die Gemeinsamkeiten zwischen uns und ihnen. Und all das war schön und bedeutsam und hatte seinen Sinn. Wie blass, wie langweilig, wie unendlich weit entfernt vom Leben wirkte dagegen doch der Unterricht in der Schule.

Dionysische Nacht

Dionysos tritt in einem Schneemantel gehüllt in das, schon zu ahnende, Frühjahr ein. Schon bin ich von der Unruhe der Zugvögel und Brunfthirsche getrieben. Doch noch fallen des Nachts eisige Schneeflocken aus jagenden Winterwolken. Freilich, hier drin, unter dem grellen Licht der Scheinwerfer, ist alles heiß und laut und von der drückenden Schwüle der Geschlechtlichkeit durchdrungen. Es ist als bewege man sich in einem fiebrigen, Gefahr verheißenden Medium. Metallenes Licht: Grün, Weiß, und dominierend – Rot. Rot, wie zuckendes verletztes Fleisch, wie die feinen Adern im Weiß des Auges. Ich sitze auf einer, von einem Geländer umgebenen Empore, etwa eineinhalb Meter über der Tanzfläche. Das Geschehen unter mir präsentiert sich, als agierten Schauspieler auf der Bühne eines Theaters. Ich fühle, dass ich heute und hier nicht mitschwinge. Inmitten des Trubels bleibe ich Beobachter. Ein isolierter, aufzeichnender Geist, der Abseits steht. Einzelne Menschen und Szenen heben sich mit überdeutlicher Schärfe aus dem sie umgebenden Chaos hervor. Ein Mädchen etwa, das etwas Abseits allein an einem kleinen Tischchen sitzt. Ihrem Aussehen nach zu urteilen, fließt in ihren Adern ein tüchtiger Schuss asiatisches Blut. Aus ihrem Gesichtsausdruck werde ich nicht schlau. Blickt sie traurig, nachdenklich, oder einfach nur gelangweilt? Auch zwei Kerle inmitten der Masse fallen mir auf. Ihre Schädel ziert ein martialisch, kurzer Haarschnitt. Ihre Jacken sind mit den Emblems irgendeines Fußballclubs verziert. Ein schlankes Mädchen mit rot gefärbten Haaren tanzt auf einen der Tische. Ihr Freund reicht ihr ab und zu eine brennende Zigarette hinauf, die sie sich zu teilen scheinen und an der sie dann halbherzig zieht. Die Meisten der Anwesenden jedoch bewegen sich in einer homogenen Masse, die sich rhythmisch im Takte der Musik bewegt. Da, mit der Plötzlichkeit einer chemischen Reaktion, teilt sich die Masse der Menschen. Gibt den Blick auf zwei Kampfhähne frei, die mit Fäusten aufeinander einschlagen. Die Security-Mannschaft ist schnell zur Stelle. Doch, jeweils mit den Händen in der Kleidung des anderen verkrampft, lassen sich die Streiter nicht so leicht voneinander trennen. Einer fällt in dem Tumult zu Boden. Sein Hemd zerreißt während des Sturzes. Auch das schlanke, rothaarige Mädchen, das vorhin auf dem Tisch getanzt hat, will nun eingreifen. Doch wird auch sie zu Boden gerissen. Nachdem sie sich wieder aufgerafft hat, tritt sie zurück und fährt sich nervös durch ihr Haar. Endlich aber werden die

Kämpfer doch getrennt. Ihre Wut verraucht. Die Menschenmasse schließt sich wieder zu einem dichten Knäuel. Es wird weiter getanzt.

Die nächste Unterbrechung ist anderer Art. Eine Stripperin tritt auf. Eine, schon im verblühen begriffene Orchidee aus dem fernen Osten. Ihre Gesichtszüge wirken beinahe, als wären sie mit einem Meißel aus Stein gehauen. Ihr Lächeln, das nur ein einziges Mal kurz aufblitzt, erinnert an erfrierende Blumen im Hochgebirge. Ihre Bewegungen gleichen der präzisen Eleganz technischer Apparate. Man hat das Gefühl die Mechanik des Auftritts hat sich durch lange Gewöhnung zu hoher, doch seelenloser Präzision ausgeschliffen.

Nun holt sie ein Mädchen aus dem Publikum zu sich, lässt es auf einem Stuhl in der Mitte der Tanzfläche Platz nehmen. Sie lässt sich von dem Mädchen die Hose aufknöpfen, bevor sie sie auszieht. Dann reibt sie ihren Unterleib am Körper des Mädchens. Ihre Lippen finden sich schließlich zu einem Kuss. Das Publikum tobt, klatscht und pfeift Beifall. Doch schon wendet sie sich wieder von dem Mädchen ab, holt einen Jungen zu sich in die Mitte. Er muss vor ihr nieder knien. Mit ihrem Mund flößt sie ihm Champagner ein, denn sie vorher aus einer

Flasche getrunken hatte.

Nach der Show gehen die grellen Lichter der Hauptbeleuchtung an. Es wird heute keine Musik mehr gespielt werden. Ich habe das Gefühl aus der sinnlosen Mechanik eines zerfetzten Traums gerissen worden zu sein. Langsam leert sich der Nachtclub. Die Menschen verlieren sich. Die Nacht erfriert in grenzenloser, einsamer Eiswüste. Schneestürme im Herzen. Das Gehirn erschöpft. Blasse Bilder der Realität. Der nahende Morgen kündigt sich durch eine plötzliche, unheimliche Nüchternheit und Leere an, die erschreckend ist. Müdigkeit durchzuckt das Gehirn wie eine weiche Droge. Bilder von zu Tode gehetzten Wild tauchen auf. Die Nacht legt sich zum Sterben nieder. Dann beginnen sich die Bilder wieder aufzulösen, verschwinden endlich im Abgrund des Nichts.

Dresden

Wieder televisonäre Zeitreisen. In der Nacht vom 13. auf den 14. Februar 1945 befinden sich 773 britische Bomber im Anflug auf das Restgebiet des dritten Reiches. Ihr Ziel: Dresden. Sie werfen wenig später 2695 Tonnen an Spreng- und

Brandbomben auf die Stadt, die bis dahin als eine der schönsten Europas galt. Bald bricht ein höllischer Feuersturm über die Stadt und ihre Menschen herein, der selbst noch die Bilder der Apokalypse überbieten zu wollen scheint. In den Straßen spielen sich unvorstellbar schreckliche Szenen ab. Die Menschen flüchten mit nassen Decken über den Kopf aus den Luftschutzbunkern, weil sie darin zu ersticken drohen. Doch durch die allgegenwärtige Hitze verdampft das Wasser in Sekundenschnelle. Die Decken fangen an zu brennen. Manche suchen in ihrer Verzweiflung Rettung im Wasser der städtischen Brunnen. Doch das Wasser ist siedend heiß. Ein Augenzeuge: „Wie Frühstückseier wurden die Menschen gar gekocht." Die Feuerwehr, die zum Löschen ausrücken will, bleibt im glutflüssigen Asphalt stecken. Die Fahrzeuge explodieren. Die Männer verbrennen. Die Überlebenden werden diese Nacht niemals vergessen können. Es heißt, man sah in den Tagen nach dem Angriff Kinder durch die Straßen gehen, die den Eindruck von uralten Greisen erweckten. Eine Augenzeugin: „Ich habe meine Waschmaschine nicht im Keller stehen, wie die meisten anderen. Denn noch immer, nach über fünfzig Jahren, kann ich nicht in den Keller gehen ohne Angst zu haben, dass mein Haus über mir zusammenstürzt".

Die Stadt war vollgepfropft mit Flüchtlingen aus den Ostgebieten des Reichs, die vor der roten Armee geflohen waren. Ihre Anzahl kennt keiner. Deshalb schwanken die Statistiken über die Opfer auch stark. Zwischen sechzig- und zweihundertfünfundvierzigtausend Tote soll es gegeben haben. Der Angriff auf Dresden lässt sich kaum mit irgendeinem militärischen Nutzen rechtfertigen. Weder hat er den Krieg verkürzt, noch den Vormarsch der Roten Armee beeinflusst. Alle militärisch relevanten Ziele, die Kasernen und riesigen Materiallager am Rande der Neustadt Dresdens, sowie der Flughafen Klotzsche, blieben von den Angriffen verschont.

Dresden, Hiroshima, Verdun - man tritt hier aus den Zonen des reinen Kampfes und der Historie in tiefere Schichten ein. Etwas Chtonisches und Gewaltiges scheint sich Bahn zu brechen. Die dunkelste Seite des Menschen wird, wie bei einem Negativ, auf unheimliche, doch exakte Weise abgebildet. Die tiefste Substanz der Humanitas selbst, scheint in Frage gestellt. Man ist von da an auf alles gefasst. Der Mensch hat gezeigt, was auch in ihm verborgen lebt. Selbst der Satz homo homini lupus, reicht an solche Geschehnisse nicht mehr heran. Man denkt da schon eher an Dämonen als an Wölfe, an Lemuren oder an die Teufelsgestalten und Horrorvisionen auf den Gemälden des

Hyronimus Bosch.

Unter Fröschen

Die dunkelsten Tage und Wochen des Jahres. Das Licht schwindet. Die Nachtseite der Dinge tritt stärker hervor. Das bringt auch Chaos und Unordnung im Innern mit sich. Archaische Elemente tauchen aus dem Unterbewussten auf. Wie das Fühlhorn der Schnecke, zieht sich die Seele mit sanfter, sicherer Bewegung in das Innere der eigenen Existenz zurück. Von Außen betrachtet ist alles Ruhe und Kontemplation. Doch im Inneren tobt ein gewaltiger Sturm. Die Nacht trägt manches an Bildern und Gedanken zu. Das gleicht einer Wanderung an einsamen, dunklen Küsten, an die durch einen unendlichen Ozean, buntes, bizarres Treibgut gespült wird, auf das, wie der Sonnenstrahl, der durch Sturmwolken bricht, ab und zu das helle Licht des Bewusstseins fällt.

*

Ganze Stadtlandschaften wachsen in dieser Zeit des Nebels und des Zwielichts in den Träumen empor. Dort irre ich durch

Kaufläden und Konsumtempel um Schuhe zu erstehen, was sich bald als labyrinthisches Unterfangen herausstellt. Die Verkäufer sind nicht sehr hilfreich. Statt Schuhen wird mir allerhand Tand angeboten, der, so die Aussage eines Verkäufers, in der Vorweihnachtszeit gerne konsumiert würde. Unter den Dingen, die mir angeboten wurden, war etwa das Modell eines Homunkulus, Froschaugen in klarsichtiger Lösung, oder ein Buch mit dem Titel: „Abenteuerliche Fahrten und Taten nach der Auferstehung." Um nur einige der bizarren Dinge zu nennen, die mir nicht nur zum Kauf angeboten wurden, sondern die ich auch, wie es der Erwartung der Verkäufer entsprach, noch mit Begeisterung und zu horrenden Preisen zu kaufen gezwungen war, wollte ich mich nicht von der Masse der Käufer auf unangenehme Weise absetzen. Doch beharrte ich, obwohl ich schon mit allerlei Tand beladen war, darauf, allein wegen des Kaufes von Schuhen diese hochheiligen Hallen des Konsums betreten zu haben. Endlich und nach schwierigen Verhandlungen, wurde mir eine Plastiktüte überreicht, die bis oben hin mit Schuhen gefüllt war. Allerdings war ich zuvor unter geheimen Vorkehrungen in einen dunklen und zweifelhaften Nebenraum geführt worden. War es illegal in dieser Stadt, Schuhe zu kaufen? Vielleicht waren ja auch Drogen, oder etwas ähnliches, in den Schuhen versteckt. Als ich gegenüber dem Verkäufer diesbezüglich eine Bemerkung machte, antwortete er nur, dass die Schuhe genau auf mich zugeschnitten seien. Da ich all dem Verwickelten und Labyrinthischen möglichst schnell entkommen wollte, nahm ich die Schuhe auf Treu und Glauben an und beeilte mich, mich von dem Verkäufer mit einem gespielt flotten Gruß zu verabschieden.

Von all den Widrigkeiten und wage gefühlten Fährnissen des Einkaufs, wollte ich mich nun in einem nahe gelegenen Park erholen. Er musste vor langer Zeit angelegt worden sein. Die Architektur des Parks, sowie die darin aufgestellten Säulen und Statuen, ließen darauf schließen, dass er wohl aus der Renaissance stammen musste. Doch war der Park alles andere als einsam. Zwischen all den kunstvoll behauenen Statuen und Kunstwerken aus reinweißen Marmor, flanierten unzählige Menschen umher. Auffallend war der hohe Anteil an Müttern, die hier ihre Kinder spazieren führten. Nun wurde meine Aufmerksamkeit von einer Reihe von dorischen Säulen in Anspruch genommen, die auf dem Rasen des Parks, ohne erkennbare Ordnung, verteilt waren. Anscheinend war es Brauch, diese Säulen, die völlig frei standen und ohne erkennbare Funktion waren, zur eigenen Belustigung zu besteigen. Jedenfalls hockten dort oben, auf den meisten dieser kunstvoll behauenen Steinpfeiler, Menschen. Die Haltung dieser Gestalten erinnerte stark an die eines Frosches, der gerade zum Sprung ansetzt. Hockend starrten diese Froschmenschen aus großen Glubschaugen in die leere Luft. Obwohl das Lächerliche einer solchen Haltung mir halb bewusst war, fühlte ich doch sogleich eine unbezwingbare Lust, mich dem allgemeinen Brauch anzupassen und ebenfalls auf eine dieser Säulen hinauf zu klettern, so schwierig und mühevoll es auch sein möge. Kaum aber war dieser Gedanke gefasst, befand ich mich auch schon, wie durch Zauberhand, oben in luftiger Höhe. Angstvoll blickte ich hinab in die Tiefe. Da fühlte ich auch schon, wie meine Säule ins Wanken geriet. Ausgerechnet dieser Pfeiler, den ich erwischt hatte, musste nur locker im Fundament verankert gewesen sein. Denn all die anderen Säulen wankten nicht. Die Froschmenschen blickten mich mit gehässigem Blick an, so als hätte ich daran Schuld, dass meine Säule ins Wanken geraten war. Der Absturz schien unvermeidbar. Vergeblich versuchte ich das Gleichgewicht zu halten und das Schwanken der Säule durch innere Ruhe und Meditation auszugleichen. Doch das alles nützte nichts. Die Säule stürzte um. Zu allem Überfluss hatte sich am Fuße des stürzenden Pilasters auch noch eine Mutter mit Kind zum Picknick niedergelassen. Mit

Entsetzen sah ich, wie die Säule auf sie herabstürzte und sie und das Kind zu erschlagen drohte. Entsetzen hatte mich gepackt. Aus bloßem Übermut, weil ich hinauf gestiegen war, auf diese Säule, würde ich nun am Tod der beiden Schuld sein. Hart schlug ich auf dem Boden auf. Knapp neben mir der zertrümmerte Pfeiler. Kaum wagte ich, mich aufzurappeln und nach den beiden zu sehen. Wie erleichtert aber war ich, welch Glück spürte ich in mir, als ich sah, dass Mutter und Kind, erschrocken zwar, doch sonst unverletzt, neben den Bruchstücken der Säule standen, das Kind ängstlich fest an den Körper der Mutter geklammert. Das war ja gerade noch einmal gut gegangen. Erschöpft ließ ich mich in das kühle Gras sinken und starrte in den dunstigen Stadthimmel, bis mich die dunkle Decke des traumlosen Tiefschlafs weich und samten zudeckte und die Bilder auslöschte.

Angler und Fisch

Ein buntes und reiches Füllhorn an Träumen gießt sich des Nachts über den Schlaf aus. Von den funkelnden Mosaikbildern der Nacht rette ich nur Bruchstücke in den Tag hinein. Ich sehe mich als Angler an einer flachen, tropischen Lagune sitzen. Die gleichmäßige Wärme des Urmeers umfließt mich. Seltsam ist, dass ich mich als dreigeteilt empfinde. Ich bin nicht nur der Angler. Ich empfinde auch als Angel, so als setzten sich meine Nervenbahnen bis in diese fort. Und zu allem Überfluss bin ich auch noch ein Taucher, der den Angler, die Angel und auch die Fische beobachtet, die um den Köder spielen. Nach geheimen, logischen Gesetzen wähle ich bestimmte Fische aus und locke sie mit sanften, aufmunternden Wellenschlägen der Hand, an den Haken heran. In dieses Bild ist, wie mit feinen Goldfäden, Freude und Leid zugleich eingewoben. Ich empfinde die Freude und das Jagdfieber des Anglers, der die Beute am Haken zappeln fühlt. Ich empfinde aber auch den Schmerz der Fische, denen der scharfe, spitze Haken in die Kiemen dringt.

Beim Friseur

Am Morgen beim Friseur. Die Friseuse hat bambigroße Braunaugen, die immer etwas verwundert zu blicken scheinen. Sie ist ein wenig erkältet. Beim Atmen zieht sie die Luft mit einem pfeifenden Geräusch durch die Nase. Das klingt, zusammen mit dem metallischen Klappern der Schere, wie eine seltsame, fast beängstigende Maschinerie. Ich habe für Augenblicke das Gefühl den Ort gewechselt zu haben. Der Tagtraum versetzt mich in das kalte Licht eines Operationssaals. Die Schere wird zum chirurgischen Werkzeug. Blutbahnen werden durchtrennt. Synapsen frei gelegt. Weißlich-rot wölben sich die Innereien aus der geöffneten Bauchdecke. Und eine Stufe tiefer lauern noch beängstigendere Vorstellungen. Winzige Dämonenwesen, die an wehrlosen Körpern vivisezierend ihre Grausamkeit erproben. Hieronymus Boschs Visionen am helllichten Tage. Dann tritt mein Spiegelbild überdeutlich an mich heran. Ich lächle darin über das Bizarre der eigenen Vision.

Engelsschatten

Der gründunkle Fluss unten im Talgrund. Tiefes, strömendes, saugendes Element! Darüber strahlenumkränzte Wolkengebirge, machtvoll und schön wie Engelsschatten.

Speed

Die Brechungen der Geschwindigkeit. Rasende Fahrt mit dem Motorrad über die heimischen Landstraßen. Übersteigt die blutrote Tachometernadel die Grenze von einhundertvierzig Kilometern in der Stunde, verändert sich die Wahrnehmung der Realität auf eine geradezu surreale Weise. Die Dimensionen des Raums schrumpfen zusammen. Die Straße wird zum engen Tunnel, durch den der Motor mich, wie das Geschoss in einem Kanonenrohr, vorwärts katapultiert. Nur Bruchstückhaft wird die Welt jenseits der Begrenzungspfosten wahrgenommen. Es entstehen Brechungslinien in der Wahrnehmung, die an kubistische Gemälde erinnern. Sie zeugen von unmittelbarer Gefahr. Dazu die Stimulation des Tastsinns, der sich ja in Wirklichkeit auf den ganzen Körper erstreckt. Vibrationen übertragen sich vom Motor, über den Rahmen auf die Nervenenden des Unterleibs bis in das Gehirn. Nur im Spiel entfaltet die Technik ihren Eros, ohne jedoch ihre potenziell gefährliche, lebenszermalmende Seite zu verlieren.

Pharaonische Schwester

Die Tochter des Pharao war der Unzucht angeklagt. Der Pharao sprach mit gottgleicher, schrecklicher Stimme aus der ersten

Ecke des Raums herab. Die Pharao-Prinzessin stand vor einer goldenen Grabkammer. Ihr Gesicht war von Angst verzerrt. Jeden Augenblick erwartete sie den tödlichen Bannstrahl des Pharao, der sie zu Asche verbrennen würde. Auch ich war von Entsetzen ergriffen. Denn die Pharao-Prinzessin war meine Schwester und ich hatte an ihren Orgien teilgenommen.

Die Totenmesse

Langer und tiefer Schlaf, der gleichwohl, wie ein schwarzes, samtenes Tuch, das von Goldfäden durchwirkt ist, von zahllosen Träumen durchflochten war. Der Vater eines Freundes – seine Leiche fand man erst sechs Jahre nach seinem Tod im Wald. Schnee lag auf den kahlen Ästen der Bäume. Ich kampierte nahe der Stelle, an der man die Leiche fand und beobachtete Bergung und Abtransport des mumifizierten Toten.

Natürlich war ich wenig später auch beim Trauergottesdienst zugegen, der in einer alten, romanischen Kirche abgehalten wurde. Der Priester sprengte oder schüttete Weihwasser auf eine marmorne Halbkugel, die von einer Gruppe von steinernen, dämonischen Figuren eingerahmt wurde. Streit mit dem Priester über die Aussprache des Wortes „chtonisch". Er meinte, das Wort sei kaldäischen Ursprungs und müsse deshalb wie „´tonisch" ausgesprochen werden, da bei kaldäischen Wörtern das „ch" nicht gesprochen werde. Da ich das Wort jedoch zuvor mit „ch" ausgesprochen hatte, brach der Priester diesen Streit vom Zaun, um mich vor der versammelten Menge bloß zu stellen und meine Unwissenheit zu demonstrieren.

Hypergirl VI

Nachts Traumgänge durch Stadtlandschaften, die von Krieg und Tod bedroht waren. Man sah Hochhäuser über Fundamenten aus menschlichen Skeletten emporwachsen. Tote wurden von dunklen Gestalten, auf Bahren vorbei getragen. Blass und blutüberströmt lag auch Ariadne auf eine der Tragen. Das blanke Entsetzen schleuderte mich aus den dunklen Tiefen des Schlafes empor zu plötzlichem Erwachen, das jedoch das Grauen nicht auszulöschen vermochte.

Die Mondfinsternis

Kupferrot schiebt sich der Erdschatten über die silbern leuchtende Mondscheibe. Ganz langsam, fast unmerklich, verschlingt die Dunkelheit das Licht. Die Mondphasen, sonst über einen Zeitraum von 28 Tagen verteilt, werden nun in Minutenabständen durchschritten. Die Empfindung des ganz und gar Außergewöhnlichen freilich, jener Eindruck, der an den Grundfesten der Wahrnehmung zu rütteln scheint, wie ich ihn etwa während der Beobachtung der Sonnenfinsternis 1999 verspürte, blieb hier vollständig aus. Denn anders als bei der Sonne, ist es beim Mond ja nichts außergewöhnliches, wenn man ihn als Sichel am Himmel stehen sieht. Etwas anderes freilich fiel mir bei dem Himmelsereignis auf und erscheint mir bemerkenswert. Gerade als die Mondfinsternis ihren Kulminationspunkt erreicht hatte und der Mond nur mehr als schmale Sichel am Rande des Erdschattens sichtbar war, erstrahlte diese schmale Sichel plötzlich, als würde mit einem Male loderndes Plasma aufleuchten, im hellsten, reinsten Schein. So gebiert die Dunkelheit endlich das schönste und strahlendste Licht im Augenblick ihrer stärksten Konzentration.

Das automatische Schreiben

In der Erforschung des Unterbewussten ergreife ich gierig
jegliche Technik, derer ich habhaft werden kann. Jedes Tor, das
in die inneren Bereiche der Seele führt, erscheint mir
verlockend, wie den frühen Forschern das innere Afrikas, die
fernen Gewürzinseln. Eine ungezügelte Neugier befällt mich
vor solchen Portalen. Und auch heute wieder, wie schon vor ein
paar Tagen, beschäftige ich mich mit automatischem Schreiben.
Eine Technik, auf die ich beim Studium der französischen
Surrealisten um Breton stieß. Das ist nicht verwunderlich. Stellt
doch der Surrealismus einen ersten, systematischen Versuch dar,
jene inneren Bereiche des Menschen, der Kunst und durch die
Kunst, zu erschließen. Ich sitze also allein und abgeschottet in
meinem Studierzimmer. Stille hüllt mich ein, wie ein
schützender Kokon. Die Wärme des Zimmers macht mich etwas
schläfrig. Für einige Minuten schließe ich die Augen. Gebe
mich ganz der Ruhe hin. Vor mir habe ich den Schreibblock und
den Füllfederhalter bereit gelegt. Nach einiger Zeit bin ich
vollkommen ruhig. Meditativ. Vor den Zwängen des Tages
flüchte ich mich in die Freiheit der Nacht. Ich denke an nichts.
Der erste Satz steigt bald aus unbekannten Tiefen empor. Rasch
folgt der Zweite, der Dritte. So schnell die Feder eilen kann,
schreibe ich nieder, was mir zufällt. Frei von den Ketten eines
logisch gegliederten Aufbaus, beschreibe ich in schneller Folge

Seite um Seite. Zu schnell folgt Satz auf Satz, als dass etwas von dem Geschriebenen in meinem Gedächtnis haften bliebe. Mein Bewusstsein nimmt nur die paar Buchstaben war, die ich gerade forme. Das Geschriebene werde ich erst nach Vollendung durchlesen und in mir aufnehmen. Unaufhaltsam quillt ein Strom von Worten aus unbestimmten Tiefen empor. Seltsame, phantastische Sätze gestalten sich ohne Unterlass und eigentlich ohne mein Zutun. Das ist reine Inspiration. Unausgeformtes tritt hervor, ohne Zensur durch den Verstand.

Versuche mit automatischen Schreiben

Wärme durchströmt mich wie ein kalter Lavastrom. Der aus der Tiefe geformte Lavastrom durchfließt mich. In ein Becken mündet er. Warum mündet er auch nicht dorthin, wo Blumen stehen, sitzen, staken? Durch eine Art Abfluss aus purem Gold. Goldwährung sei unser Losungswort! Goldwertung und Atompilz. Beides Wörter. Beide hässlich – beide schön. Beide durch hohlwangige Analyse getrennt; durch Welten des Aals, der windet und wurmt und wandelt. Wandlungen müssen vollbracht werden. Und Wandlung heißt unser kurzes Leben. Am Goldstern sauge ich mich voll. Vollsaugen an den Brüsten der Goldgöttin! Das ist was alle sich wollend denken.

Das macht unsere Müdigkeit zu großen Wurmlöchern in den weiten Welten des Alls. Auch damals schon, damals als alle sich wunderten, damals schon wunderte *ich* mich nicht. Das Wundern ist eine bepisste Gestalt. Eine Gestalt voll Missharmonie. Damals als Stofftiere gingen – durch grüne Auen, Wälder, Flüsse; damals schon war es offensichtlich. Der Mensch ist ein Tier. Ein Tier voll Vertrauen in seine Menschlichkeit. Darin versenken wir uns – IN SEIN DAMALIGES GEHIRN. Ein Materieklumpen, grau, tot, unvorstellbar öde und doch, aufgewogen, aufzuwiegen durch Galaxien des Alls. Durch Sterne – Leuchtpunkte am Schwarz. Durch Gold, Juwelen und andere Gesteine. Das was ist und nicht sein will. Will ich wissen was ich bin, schaue ich nicht in den Spiegel. Mein geschliffenes Glas ist der Traum, das Elend, der Tod, das Zwerchfell, die Ahnung. Darin spiegle ich mein Sein. Darin spiegle ich mein Selbst.

Ich bin ein Riese. Ein Riese auf hölzernen Sockel. Ich schaue über weites, von Vulkanen und Erdbeben zerstörtes Land. Das muss doch einmal gesagt werden! Das will ich sagen, brüllen, schreien; an alle Wände schmieren. Durch Tage der Misstöne hindurch ging ich brennend in die Höhle, in die Hölle des Seins. Was ist Herbst? Ein Schatten, der fällt in Gefäße, in denen wir gefangen sind. Herbst singe ich und meine Frühling. Darum kam ich hierher um zu zeigen. Meine Löcher zu zeigen. Mein Defizit. Zu zeigen, worin ich nicht gut bin. Zu zeigen auch die Fehler der Welt. Dichten heißt, sich selber richten.

Durch die Felder trampeln sie in die Transzendenz. Zertrampeln am Ende gar die Transzendenz. Dies mag gesagt und geglaubt werden. So und nicht anders heile ich mich. Davon bin ich überzeugt, dass alles eine große Epiphanie der Welt sei. Etwas Bewunderungswürdiges, ein Geist, ein Erdbeben, ein Vulkan. Wir denken uns dies und jenes dabei. Und doch, der Vulkan, in dem wir einst verbrennen werden, wächst schon empor, wird mächtig in uns. Deshalb sage ich heute nicht, es sei Schluss. Anfang und Schluss sind nicht zwei Seiten eines Dings. Das Ding selbst ist Anfang und Schluss. Heute Morgen oder in zehn Tagen? „I don´t know my future after this weekend – Ahhh! - And I don´t want to."

Dunkel, dunkel, dunkel, ist alles! Heraklit wusste das. Er war einer der großen Zauberer. Einer der Magier der Dunkelheit. Mist und Gülle mischt sich in Dreiecksgestalt! Warum auch müssen wir wissen welche Schale uns umhüllt? Warum? Die Schale ist das Weltei. Aus dem Ei befreien wir uns – wollen wir uns befreien. So viel ist gewiss, dass die Gewissheit ungewiss ist. Das sollten wir wissen. Auch mich überkommt Zaudern und Scham. Zaudern und Scham! Schaum spritzt aus gelben Massen. Massen, in die wir versinken. Schaum des Herzens und der Zeit. O, welch köstliches Land! Auch ich war in Arkadien, als ich dies schrieb.

Manchmal saugen sogar Säue. Doch ist es ein Saugen vegetativer Art. Wir hingegen saugen uns voll Klarheit. An den Brüsten des Abenteuers und des Seins wollen wir bis zum Überlaufen und Platzen saugen. Dann mag das Dunkel über uns richten. Das Licht uns verschlingen. Abraxas ist geboren! Doch auch wir sind einst gewesen, werden sein, sind. Das mag gewiss sein oder ungewiss. Es ist doch integraler Bestandteil der Glocke, die unser Leben zerteilt. Aufwärts geht es erst, wenn es kein Abwärts mehr gibt. Wir zaudern in den Abgrund zu springen und sind verblüfft, dass wir gestoßen werden. Das sag mir. Ist das Leuchten gefroren? Oder sind Eisblumen es wert gepflückt zu werden? Ist die Eisfee es wert angebetet zu werden? Überhaupt. Eis! Schon das Wort lässt mich schaudern, durchglüht mein Herz. Ich war Eis! Göttliches Eis ist um mich.

Doch wollen wir uns das Göttliche nicht vorstellen. Schluss! Geschwätz! Wieder eine Zensur aktiviert, von der ich nicht wusste, dass sie existiert.

Ein seltsames Klingen klingt an meine Ohren. Ein Klingen wie von Ketten. Sonntags habe ich meist nur in Kellern gesessen. Sonntags war meistens mein großer Tag der Festrede. Von Getier umzingelt, umrahmt, predigte ich Kellerasseln und Mäusen. Doch schwieg ich von frühen Begierden. Die Marter ist zu schrecklich. Die Marter, die uns Hirn und Herz zermalmt. Auch hier noch Alliterationen? Man wundert sich über so manches. Über manches Wundern wiederum, sollte man sich wundern. Doch fehlt die Zeit, der Ort, der Geist. Danach kam es über mich wie Wassergebrüll. Das ewige, unaufhaltsame Abenteuer steht noch bevor. Und bevor alles ins Nichts, nach Avalon, entflieht, wo Äpfel golden wachsen, wollen wir noch einmal tanzen, fliehen.

In Tankstellen häufig zu treffen. Ein Mann voll Geist und Witz und Klarheit. Doch ohne Gehirn. Ein Wurm, eine Amöbe, ein lächerliches Austern-Schalentier. Magst du auch alles versuchen. Wir stehen doch – werden stehen – sind gestanden. In Byzanz stehen wir und wollen dort stehen. Das Stehen überhaupt! Ist es nicht viel königlicher als das Sitzen? Man unterschätzt das Tagesgeschäft des Zeitgeistes. Und das eine Glück mit dem wir tauschen könnten. Nirgends eine Muschel, die uns verschlinge! Oder sagen wir es deutlich. Nein, genug des Vorgeplänkels. Nur hinein in die innerste Festung. Aber du kommst nicht mit. Du bist zu wenig lebendig. Auch Holzpuppen bleiben draußen. Durch den Gang der Mönche schau ich in das Innerste des Lebens. Nebel wallen. Glocken klingen wie in Watte verpackt. Dieses Bild ist wieder herbstlich.

Doch magst Du nein sagen. Wo liegt die innerste Brücke der Zeit? Auch du warst in Arkadien? Das glaube wer wolle. Ich jedenfalls ziehe lieber mein Festkleid an. Das, an dem die vielen Sterne angenäht sind. Dasjenige, das auf Alles eine Antwort weiß, wenn man nur in der Lage ist zu fragen und die Frage zu überdenken. Du gehst durch die Halle mit goldenen Leuchtern. Und endlich sitze ich selbst dort wo Könige sitzen. Doch auch dann bleibt mir nichts anderes als dieses Kleid, mit dem ich durch die Galaxien wandle und das weiß ist und schwarz und bunt und helle und dunkel und weit und eng. Dieses Kleid ist das eigentlich Paradoxe des Seins. Dieses Kleid will ich tragen bis alles endet. Und fragt man mich dann: „Woher kommt denn dieses Kleid?" Dann sage ich: „Ich stahl es, doch gebe ich es jetzt wieder zurück. Und alle Sterne werden verblassen und vom Himmel fallen. Und alle Tage wird Neues geschehen.

Prometheus

Der nackte Titanier, festgeschmiedet an den Fels des Kaukasus. Lässt sich ein treffenderes Bild denken für die Lage des heutigen, des modernen Menschen? Wie Prometheus, Empörer und Eroberer in einem, hat sich der Mensch heute von seinen alten Göttern losgesagt. Ja, mehr noch; er stößt, wo einst die Götter wohnten, auf öde Behausungen, auf leere Transzendenz. Dafür jedoch ist er umso mehr an die rohe Materie gekettet, an den Fels des Kaukasus. Der Adler jedoch, der an seiner Leber frisst, das ist der Intellekt des homo faber, der sich gegen seinen Herrn zu wenden beginnt. Der Mensch hat den archimedischen Bezugspunkt verloren, von dem aus er in der Lage wäre, dem Dasein Sinn zu verleihen. Vielmehr hat er sich in den Vereinzelungen der Welt verloren. Eine Atomisierung der Wahrheitssysteme hat eingesetzt. Das Universum, besser in Struktur und Aufbau bekannt denn je, verschließt sich dennoch der Sinnsuche. Wo früher Götter in Visionen, sich dem Menschen offenbarten, herrscht nun Stille. Wir aber, wir geistigen Abenteurer, sind dazu ausersehen in neue Regionen des Denkens und Empfindens vorzustoßen. Dort heben wir unbekannte Schätze, bringen neue Einsichten vor das Licht des Bewusstseins. Die Leere zu füllen, das vermögen auch wir nicht mehr. Doch vermag die Leere selbst, indem sie uns immer von Neuem antreibt, unserem Leben Erfüllung und uns selbst eine nie enden wollende Aufgabe zu verleihen.

Megapolis IV

Wieder in der Armee. Wir kämpfen in schwierigem Gelände gegen irreguläre und imaginäre Einheiten. Getarnt durchqueren wir gebirgige Landschaften. Eiskalter Regen prasselt unaufhörlich hernieder. Ich bin durchnässt bis auf die Haut. Doch die Anstrengung hält mich warm. Oft versperren Schluchten uns den Weg. Auf wackligen Seilstegen hangeln wir uns auf die andere Seite. Vor Anstrengung tanzen mir schwarze Punkte vor den Augen. Manchmal hängen wir uns auch mit einem Karabiner an einem gespannten Seil ein und schweben in sausender Fahrt auf die andere Seite. Einer der Kameraden kracht dabei ungebremst gegen einen Baum. Bricht sich mehrere Rippen. Vier Mann bringen ihn auf einer Bahre zurück zu den eigenen Linien. Wir Restlichen dringen immer tiefer in das fremde Gebirge ein. Weiße Gipfel verstellen den Horizont. Immer höher steigen wir. Fedrige Schneeflocken umtanzen mich. Wir stapfen durch frisch gefallenen, pappigen Neuschnee. Eisig bläst mir der winterkalte Höhenwind ins Gesicht. Von einem Gipfel aus, den wir halb kletternd, halb mit Hilfe gespannter Seile erklimmen, spähen wir in das vor uns liegende Tal hinab. Türkisblau leuchtet das Wasser eines gewundenen Gebirgsflusses herauf, der sich durch ausgedehnte Kiesbänke schlängelt. Endlose Ebenen schließen sich an. Dahinter die große Stadt. Megapolis! Flugzeuge rasen in riesige Doppeltürme. Gigantische Rauchfahnen schwärzen den Himmel. Die Häuserschluchten darunter, schwarz von Menschenklumpen. Am winzigsten die dunklen Körper, die an den kollabierenden Stahlgerüsten der Türme entlang in die Tiefe stürzen. Menschen, die man, auch wenn sie vielleicht gerade ihre Todesangst hinaus schreien, nicht hört. Nicht hören kann. Menschen schon halb verschlungen von der großen Verschlingerin – der Geschichte. Ihr Maul feurig und von Pulverdampf rauchend. Fürwahr eine todbringende Göttin. Ihre Lefzen wittern das Blut zukünftiger Kriege. Sie tanzt auf den Trümmern der Türme und singt das ewige Lied „Homo homini lupus!"

Aquanautica III

Schwerelos schwebe ich durch die innersten Räume des Schiffes. Ein blau-grüner maritimer Schleier liegt wie feinster Gaze, schemenhaft über den Dingen. Dunkel zeichnet sich die Geometrie der Räume als schemenhafte Form im Hintergrund ab. Von Zeit zu Zeit dringen seltsame technische Gebilde aus grünen Tiefen an mein Bewusstsein heran. Fein säuberlich aneinander gereiht stehen schwere Motorräder in ockerfarbenem Tarnanstrich dicht beieinander. Ihre breiten Lenker strecken sich wie untermeerische Stierhörner meinem schwebenden Leib entgegen - Kampfopfer in der Arena Poseidons. Dazwischen vereinzelt Automobile mit offenen Fahrerkabinen, die aussehen, als hätten sie Meeresbewohner von bösartiger Intelligenz nach blutigen Beutezügen hier wartend abgestellt. In einem anderen Raum finden sich Mengen chaotisch übereinander gestapelter Gummistiefel. So als wäre eine Armee nach einer vernichtenden Niederlage mit einem Schlage ihrem Schuhwerk beraubt worden, das die Sieger dann hier, wie in einer Schatzkammer, horteten. Immer wieder auch, treten dazwischen gefährlich schimmernde, metallische

Zylinder an das Blickfeld heran. Objekte, denen ihre explosive, tödliche Macht schon rein intuitiv anzumerken ist. Außerdem Waffen, Werkzeuge, Alltagsgegenstände. Sogar eine Lokomotive steht festgezurrt an Deck, die in ihrer gravitätischen Erscheinung zu bedauern scheint, dass niemals Feuer und Dampf ihren Bauch erwärmen würde. Die mannigfaltige Seltsamkeit all dieser Dinge, hier an diesem Ort, zerrt an der Wahrnehmung. Es würde mich kaum mehr verwundern, wenn etwa auf Fischen reitende Wasserdämonen, mit spitzen, nadelhaften Lanzen in grünen Flossenhänden, hier vorüber treiben würden. Die Traumsubstanz in den Atomen wird bisweilen so dicht, dass zwischen den Bildern, die im Schlaf aus dem Unterbewussten emporsteigen, und der augenblicklichen Realität, qualitativ kein Unterschied mehr zu bestehen scheint. Die Äquivalenz beider Welten im Leben, das ununterscheidbare, ornamentale ineinander verschlungen sein von Nacht und Tag – auch das ist ein Merkmal der Minotaurosjahre. Das Leben wird zum Traum und Träume werden lebensgleich.

Im Zauberspiegel

Wieder wandle ich mich im Zauberspiegel des Narziss. Die

weichen Formen meiner Existenz zerfließen in jenen Wassern, in die einst der griechische Jüngling, selbstverliebt, selbstvergessen, hineinblickte. In weicher Explosion gebiert mein Gehirn, wie Zeus einst die Aphrodite, ein neues Sein. Ich erprobe mich selbst in imaginären Metamorphosen verschiedener Inkarnation. Mein Gesicht will sich wandeln, will zerfließen, will sich in tausend verschiedenen Formen verlieren. Festland täte mir Not. Doch auf fremden, unbekannten Gewässern treibt mein Schiff dahin.

Paviane und Schimpansen

In den Morgenstunden beobachtete ich im Schlaf zwei große Affen, einen Pavian und einen Schimpansen, die einander bekämpften. Der Pavian war stärker, doch von beschränkter Intelligenz. Mit gekonnten Griff bohrte der Schimpanse seine Finger in den Hals des Pavians und zerfleischte Luft- und Speiseröhre. Der Drang sich von dem widrigen Schauspiel abzuwenden, war sehr stark. Doch fesselte eine Art höhere Neugier den Blick an die Kämpfenden.

Kampf gegen die Nacht

Ich experimentiere mit Schlafentzug. Floria brachte mich auf die Idee. Während der letzten drei Tagen schlief ich nicht länger als insgesamt etwa drei oder vier Stunden. Die Kopfschmerzen, die mich am zweiten Tage quälten, sind verflogen. Eine knöcherne Nüchternheit, in die vereinzelte, traumdunkle Fäden eingewoben sind, ist an die Stelle der trunkenen, euphorischen Stimmung des ersten Tages getreten. Wenn die Müdigkeit, oder die Langeweile, zu groß wird, schalte ich den Fernseher ein. Um vier Uhr Morgens verfolge ich, wie ein Verhaltensforscher mittels Körpersprache mit Hunden kommuniziert. Oder ich schwebe im Weltall über die blaue Erdkugel hinweg. Auch den modernen Medien wohnt etwas Traumhaftes inne!

Lesen hingegen ist mir um diese Zeit unmöglich. Die Gefahr des Einschlafens wäre zu groß. Für Musik freilich, so scheint es mir, bin ich empfänglicher geworden. Sie darf allerdings nicht zu ruhig sein. Ich eile im Sauseschritt durch die Jahrhunderte der Musikgeschichte. Händel oder Bach machen meist den Anfang. Dann höre ich der Reihe nach Vivaldi, Beethoven, Carl Orffs Carmina Burana, The Doors, Björk. An diesen Hauptstrang lässt sich dann, je nach Lust und Laune, noch anderes ansetzen. Ist der Morgen wie ein rettendes Ufer erreicht, bin ich oft in den nahen Wäldern unterwegs. Die Landschaft ändert sich dann zuweilen, für Augenblicke, in ihrer Substanz. Sie scheint dann immaterieller zu sein, so als bestünde sie aus Traummaterie. Wie eine dünne Membran, spannt sie sich über anderes, Tieferes, das durch die dünnen Decken der Realität hindurch schimmert, wie das Gold durch das Wasser der Flüsse in Eldorado.

Auf meinen einsamen Spaziergängen denke ich auch über die verflossenen Stunden nach. Die Nacht ist mehr als ein Zeitabschnitt, mehr als die Abwesenheit von Licht und Sonne. Das Leben ist auf eine andere Frequenz gestimmt. Es wird traumhafter, einsamer, tiefer. Sie zeugt andere Gedanken als der Tag, ist anderen Tätigkeiten günstig. Die Seele findet in anderen Räumen Widerhall. Das Bizarre, das Dämonische, das tiefe, schmerzliche Empfinden, sind nächtliche Gewächse, die erst in der Dunkelheit ihre lockend duftenden Blüten zu voller Größe entfalten. So gibt und gab es denn auch zu allen Zeiten Menschen, deren Genie nicht nur den Geist der Nacht widerspiegelte, sondern deren Geist selbst nur Nachts seine Schwingen zum Fluge ausbreitete. Byron etwa, war einer von ihnen. „Der Schlaf hat seine eigne Welt für sich, ein weites

Reich voll wilder Wirklichkeit; Und Träume, die entsteigen, haben Odem und Tränen, Qualen und den Zug der Freude." Der solare Mensch hingegen ist dessen Antipode. Auch dort ist Genie möglich. Doch ist es anders gelagert. Es wirkt mehr in die Breite als in die Tiefe. Doch leuchtet es weiter als das nächtliche Genie. Es wird selbst sonnenhaft. Echnaton ist hier als Beispiel zu nennen. Für ihn war die Sonne göttlich, der einzige Gott sogar. Die Nacht hingegen galt ihm als Zeit der Angst, als Gleichnis für den Tod. Sie vermag zu erschrecken. Das ist wahr. Doch ist sie auch Tummelplatz für die Abenteurer der Seele. Sie hat ihre eigene Wahrheit. Um diese zu finden, müssen wir Gefahren und Schrecknisse in Kauf nehmen, so wie einst Jason auf der Suche nach dem goldenen Vlies. Und wirklich, das Gold des nächtlichen Traums vermag genauso mächtig zu werden wie das echte Gold, das die Inkas für die Tränen der Sonne hielten.

In der Nacht dehnt sich die Zeit. Wird zäh und träge wie Kautschukmasse. Längst sind die Lichter draußen erloschen. Nachtozeane branden lautlos an die Fenster meines Arbeitszimmers. Fern, hinter Nebeln verborgen, wohnt die Sehnsucht. Mächtig und stark quellen dunkle Wasser aus meinem tiefsten Inneren, durch die dünner werdenden Decken meines Bewusstseins empor. Gefühle, Traum, Realität, Phantasie, beginnen sich zu einem untrennbaren Konglomerat zu vermengen. Die Nacht ist ein alchemistisches Gefäß, in dem sich die Elemente des Unbewussten mischen, um in neuer Gestalt, als Gedanken, Gefühle, Traumfetzen, für Augenblicke aufzuglühen und gleich wieder zu verlöschen. Was am Tage verborgen ist, zeigt nun seine Gestalt. Auch fratzenhaft dämonisches, sonst in den Kerkern der Vernunft gefangen, vermag nun leichter an die Oberfläche zu steigen. Nicht umsonst galt in den alten Klöstern die Zeit nach der dritten Stunde nach Mitternacht, als diejenige, in denen der Seele die gefährlichsten Anfechtungen drohte. Und auch Luther warf während einer einsamen Nachtwache sein Tintenfass nach dem Teufel. Fürwahr, der Abenteurer, der den Nachtozean befährt, muss jeder Zeit damit rechnen, dass Ungeheuer und monströse Gestaltungen aus der Tiefe auftauchen und sein Schiff, gezimmert aus den festen Planken der Vernunft, verschlingen. Andererseits ist oft auch eine Klarheit und Nüchternheit des Denkens möglich, die in den hellen Tagesstunden kaum je gelingt. Die Dinge werden durchsichtiger. Das unter der Oberfläche der Welt verborgene Gewebe, tritt in glücklichen Augenblicken deutlich in seiner Struktur hervor.

Der Tag hingegen ist die Zeit der planvollen Arbeit. Nüchternheit und klares, logisches Denken sind ihm zugeordnet. Die Nacht ist die Zeit der Ekstase, die Zeit des Rausches. Sie ist eher dem Spiel zuträglich als der festen, zielgerichteten Arbeit. Eher der einsamen Reflexion zu später Stunde, als dem zielgerichteten Lösen von Problemen mittels des Verstandes. Dann taucht oft Unerwartetes an die Oberfläche empor. Nietzsche wusste das: „Nacht ist es. Nun reden alle springenden Brunnen lauter, und auch meine Seele ist ein springender Brunnen." Und dann, wenn die Seele „lauter redet", vermögen wir uns zuweilen auch den Göttern anzunähern, oder besser dem Urgrund, aus dem die Götter erst emporsteigen und geformt sind. Dem Urgrund, zu dem wir Psychonauten, durch die Tiefen des Nachtozeans hinab zu tauchen versuchen.

Ich verschwinde mehr und mehr aus der Realität. Die Nachtwelt draußen scheint Lichtjahre entfernt zu sein. Eine beinahe erschreckende Stille breitet sich über die Dinge aus. Vielleicht treibe ich schon, ohne es zu ahnen, einsam in eisigen Weltenräumen. Mein Arbeitszimmer die Raumkapsel, losgelöst von allen irdischen Bindungen und Bezügen. Schnell gehe ich zum Fenster und schaue hinaus. Ich muss mich mit eigenen Augen davon überzeugen, dass die Welt da draußen noch da ist. Der

Regen, der im Lichtschein der Straßenlaternen fällt, verbindet mich wieder mit den irdischen Gefilden. Wie geschliffenes Glas glänzt der Asphalt der Straße im Halbdunkel. Irisierende Lichtsäume brechen sich auf dunkler Oberfläche. Kahle Bäume recken ihre Knochenäste den dunklen, unsichtbar dahin jagenden Wolken entgegen. Ausgestorben und menschenleer ist die dunkle Nachtwelt. Wärme und Licht findet sich nur im eigenen Inneren. In dem etwa Tausendfünfhundert Kubikzentimetern des Gehirns, das doch einen ganzen Kosmos zu fassen vermag.

Mit zunehmenden Schlafmangel ändert sich ganz allmählich die Wahrnehmung. Kälte und eisige Klarheit scheint alle Dinge zu durchdringen. Dabei bleiben sie auf eine seltsame Weise qualitätslos. Eine Rückkoppelung mit dem Betrachter findet nicht mehr statt. Ich treibe nun in den Breiten der Windstille. Gedanken werden nicht mehr ausgeformt. Bleiben ungesondert. Ich starre lange, beinahe wie unter Hypnose, auf Schattenwürfe in meinem Zimmer, die ich sonst kaum wahrnehme. Am bizarrsten und seltsamsten, transformiert sich dabei die alte, hundertjährige Pendeluhr. Die Verzierungen und Schnitzereien machen unmittelbar eine Metamorphose durch, finden sich umgewandelt als Stadt mit Türmen, Palästen und Tempeln wieder. Tempel des Kosmos sicherlich. Einer wiegt in diesen schlaflosen Nächten die Zeit mit schweren, eisernen Kugeln ab, die mit zäher, bleierner Langsamkeit und mit einer schmerzhaften Schwere, durch die Zellmaterie meines Gehirns, immer tiefer hinab sinken. Sie häufen sich zu ungeheureren, noch immer schwerer werdenden Gewichten an. Bald wird der Endpunkt erreicht sein. Dann wird mich die Schwere des eigenen Gehirns hinabziehen in einen dunklen, tiefen Schlafozean.

Zuweilen auch taucht das Gefühl auf, die Nacht würde niemals enden. Visionen von dunklen, vegetationslosen Landschaften, die orientierungslos und in quälender Langsamkeit zu durchwandern sind. Langeweile und Müdigkeit senken ihre schweren Gewichte auf die tief erschöpfte Seele herab. Das sind die Qualen der Zeit, die wir für gewöhnlich kaum wahrnehmen. Die mannigfachen Spiele und Verrichtungen des Tages, all die Betriebsamkeit in der Menschenwelt, sind zum Teil ersonnen, um diese Qualen der Zeit, der Langeweile auch, von uns fern zu halten. Der Abenteurer der Nacht aber tritt aus dieser Menschenwelt heraus, die ihn bis dahin schützend umgab. Er ist den Elementen, nicht nur der Zeit, unmittelbar ausgeliefert. Sein zuckendes Herz liegt nackt den Urgewalten gegenüber. Wenn er vor deren Kraft nicht versagt, können ihm neue Erkenntnis, neue Bilder, neue, nie zuvor gekannte Empfindungen zufließen.

Die letzte Station ist die totale Erschöpfung. Die Bleigewichte in den Windungen des Gehirns haben sich zu einer ungeheuren Schwere summiert. Der Schlaf beginnt sich als schwerer, dunkler Aasvogel auf mich herabzusenken. Jegliche Kraft, mit der ich mich zur Wehr setzen könnte, ist längst verbraucht. Es gelingt mir nicht mehr, mich von dem alles umfassenden Schlafbedürfnis abzulenken. Bildfetzen und seltsame, symmetrische Farbgebilde schieben sich unablässig zwischen Realität und Wahrnehmung. Fernsehbilder, Zeichen am Computer, selbst Musik, dringt nur mehr wie durch weiche Watte zu mir hindurch. Ich bin eingeschlossen in einen Käfig aus Müdigkeit. Gedanken existieren längst nicht mehr. Sie haben sich aufgelöst. Sind zu einer zähen, klebrigen Masse verklumpt. Vereinzeltes kann sich da nicht mehr absondern. Dennoch und erstaunlich genug. Den Entschluss das Experiment abzubrechen, fasse ich bewusst. Weitere Erkenntnisse sind nicht mehr zu erwarten. Auch wenn ich am Ende meiner Widerstandskräfte bin, hier siegt der Verstand noch einmal über die Zwänge der Natur. Doch dauert es eine Zeit, bis der Befehl des Gehirns vom Körper in Bewegung umgesetzt wird. Mühsam erhebe ich mich. Schwanke zum Bett. So wie ich bin, lasse ich mich einfach auf die Liegefläche fallen. Ich merke nicht einmal mehr, wie ich auftreffe. Wenigstens fehlt später jede Erinnerung daran. Augenblicklich werde ich von den Armen des Schlafes umfangen. Fester als jemals zuvor. In den kommenden Stunden befinde ich mich in einem seltsamen Zwischenreich. Das ist schon etwas mehr als bloßer Schlaf. Ich sinke in Tiefen hinab, in Regionen, die vielleicht schon der Zone der letzten und tiefsten Ruhe, dem Tode, benachbart sind. Wenigstens bin ich weit, weit von jenen Bereichen entfernt, in denen das Leben sich bewegt. Erinnerungslos, traumlos existiere ich zwischen Sein und Nicht-Sein. Die Ruhe, das Nichts, Nirwana, das sind die Fluchtpunkte des Lebens. Zu ihnen strebt die müde Existenz, die sich selbst zur Last wird.

Wenn der Wind weht

Um meine Studien der Dämonologie fortsetzen und vertiefen zu können, nahm ich Kontakt zum altehrwürdigen und berühmten Kloster M. auf, in dessen Bibliothek die berühmtesten und ältesten Bücher zu diesem Thema aufbewahrt werden. Nachdem ich dem Abt des Klosters die Bitte vorgetragen hatte, die

Bibliothek des Klosters für meine Studien benutzen zu dürfen, war er nach einigem Zögern auch tatsächlich bereit, mir diese unter bestimmten Auflagen zu öffnen. Zu diesen Auflagen zählte etwa, dass mir ein junger Kustos als Berater und wohl auch als Aufsicht zugeteilt wurde. Ich muss gestehen, dass ich sogleich von dessen Sachkenntnis und von seinem scharfen Verstand überaus beeindruckt und angetan war. Auch war er schön, hatte ein scharf geschnittenes, edles Gesicht, zu dem die Ordenstracht, die er trug, außerordentlich gut zu passen schien. Die Studien verliefen dann auch, und nicht zuletzt dank ihm, von Anfang an überaus erfolgreich und trugen reiche Früchte. Ich lernte aus den Büchern des Klosters und vor allem auch aus den Gesprächen mit Bruder Michael, wie mein junger Kustos mit seinem Ordensnamen hieß, in kürzester Zeit mehr, als ich je zuvor aus den Büchern moderner Autoren über das Thema erfahren konnte. Eines Tages, ich hatte schon beinahe drei Wochen in der Bibliothek des Klosters studiert und es würde nicht mehr lange dauern, bis meine Studien abgeschlossen waren, entdeckte ich, als mich Bruder Michael, wohl um seine Abendgebete zu verrichten, in der Bibliothek einmal allein gelassen hatte, in einem dunklen, verstaubten Winkel der Bibliothek, ein Buch, dessen Titel sogleich meine Aufmerksamkeit erregte: „Über die Verkörperung des Bösen in menschlicher Gestalt." Und obwohl dies mein eigentliches Thema nur am Rande streifte, war ich sogleich von einer unerklärlichen Aufregung erfasst und spürte eine ungeheure Begierde, das Buch zu studieren. Ich nahm es aus dem Regal und trug es hastig zu dem nächstgelegene Lesetisch, wo ich es sogleich aufschlug und mich lesend und schauend darüber beugte. Die handgeschriebenen Pergamentblätter, die gleichwohl nicht wirkten, als wären sie vor allzu langer Zeit verfasst worden, waren zum Teil illustriert und zeigten meist Portraits von Menschen, an denen kaum jemals irgendeine Besonderheit auffiel, sondern die im Gegenteil meist recht durchschnittlich und harmlos wirkten. In Eile, um mir einen ersten Überblick zu verschaffen, um was es in dem Buch eigentlich ging, überflog ich die Seiten, betrachtete die Illustrationen, und überlas einiges von dem, was in dem Text geschrieben stand. Ich kam recht schnell zu dem Schluss, dass es wohl so etwas ähnliches wie eine Sammlung psycho-pathologischer Krankengeschichten sein müsse. Da war etwa von einem jungen Mädchen die Rede, die, wie es hieß, bei Vollmond eine Gefahr für alle Einwohner des kleinen Dorfes war, in dem es lebte, da sie in dieser Zeit von einer tollwütigen Beißwut befallen wurde und alle Menschen angriff, die in ihre Nähe kamen. Auf der Seite neben dem Text war das Mädchen abgebildet. Ich konnte mir kaum vorstellen, dass sie irgendjemandem gefährlich werden konnte. Sie mochte auf der Abbildung vielleicht vierzehn Jahre alt sein; ein schmächtiges, dunkelhaariges Ding mit tiefen, ausdrucksstarken, dunklen Augen. Einige Seiten weiter war von einem Mann die Rede, der von schrecklichen Spasmen und Krämpfen befallen wurde, wenn irgendjemand in seiner Umgebung das Wort „Kreuz" aussprach oder wenn er ein solches zu Gesicht bekam. Einmal hatte er eine Frau stranguliert, die ein Kreuz in Form eines goldenen Anhängers um den Hals trug. Mir war nicht recht klar, worauf der unbekannte Autor hinaus wollte. Seite um Seite waren solche und ähnliche Fälle aufgezählt, doch immer ohne jeglichen Kommentar. Wie es schien, hatten alle Fälle das Eine gemeinsam, dass nämlich die pathologischen Anfälle, die in dem Buch beschrieben waren, jeweils durch einen ganz bestimmten Reiz ausgelöst wurden. Das Mädchen bekam ihre Beißanfälle bei Vollmond, der Mann bekam Krämpfe und Spasmen beim Anblick eines Kreuzes oder auch wenn nur das Wort „Kreuz" ausgesprochen wurde. Und so war es auch in allen anderen Fällen, die in dem Buch beschrieben waren. Das erinnerte mich alles ein wenig an den Pawlow'schen Reflex. Ich war gespannt ob der unbekannte Autor den vielen Fallbeispielen auch einen theoretischen, kommentierenden Teil beigefügt hatte. Also blätterte ich voller Erwartung weiter in dem Buch. Plötzlich fiel mein Blick auf eine Illustration, die mein Blut in den Adern gefrieren ließ. In dem Buch vor mir erblickte ich plötzlich den jungen Kustos. Den Bruder Michael. Das war dasselbe, scharfe Profil des Gesichtes, dieselben Augen, derselbe, etwas hochmütige Mund und sogar die Ordenstracht war dieselbe. Als ich den Text überflog, war kein Zweifel mehr. Neben dem Bild stand geschrieben: Das ist Bruder Michael. Wenn der Wind weht, wird er zum wahnsinnsgleichen Menschenfresser...

Da spürte ich, wie sich mir die Nackenhaare sträubten. Ich spürte mit einer Deutlichkeit, als hätte ich es gesehen, dass da jemand hinter mir stand. Schnell drehte ich mich um. Da stand Bruder Michael, sein Antlitz halb im Schatten, so dass sich das scharfe Profil des Gesichtes, das mir plötzlich etwas bösartiges, dämonisches an sich zu haben schien, noch deutlicher abzeichnete. Angst kroch mir in eiskalten Wellen über Beine, Magen und Rückgrat hoch, bis ins Gehirn. Wie entsetzte ich mich aber erst, als ich die Fensterscheiben des Fensters klappern hörte, durch die Licht zum Lesen auf den Tisch vor mir fiel und ich auf den Hof des Klosters hinaus blickte. Draußen wiegten sich die alten Eichen, die vor dem Kreuzgang

standen, im Wind, rauschten, warfen ihre Äste hin und her.
„Wenn der Wind weht, wird er zum wahnsinnsgleichen
Menschenfresser..." Das Entsetzen war nicht mehr zu ertragen.
Ich wählte die altbewährte Methode solchen Situationen zu
entkommen und erwachte. Warum aber fiel mir gleich darauf,
als ich in dem von der Dunkelheit umfangenen Bett dalag, das
alte Sanskritwort ein: „Tat swam asi – Das bist Du auch?"

Staub der Träume

Es gibt auch am hellen Tage Zustände des Geistes, in denen
Traumbilder bis in die bewussten Schichten der Psyche aufsteigen. Wie die Aufnahmen eines überbelichteten Filmes treten
dann vereinzelt Traumgespinste in mattem Glanz vor unser
geistiges Auge. Die Schichten der Psyche, aus denen die
nächtlichen Spiegelwelten des Traums emporsteigen ruhen nie.
Wie die der Sterne ist ihr Schein auch in der Zeit des hohen
Mittags untergründig tätig. Doch eben wie das Licht der Sterne
durch das der Sonne, wird auch hier der schwache Schein der
matten Bilder, durch das strahlende Licht des wachen Bewusstseins zum Verblassen gebracht. Und doch. Ebenso wenig wie
die Sterne, verlöschen auch die Bilder des Traums unter der

lichten Sonne des Tages.

Leidenswege

Das Leiden ist ein Bereich, den wir nicht scheuen, wir Abenteurer der Seele. Denn wir wissen, dass das Leiden der Weg ist, der uns über uns hinaus führt. Das Leiden an uns selbst, das Leiden an der Welt, zwingt uns zu wachsen. Neues zu entdecken und umzusetzen. Nur durch die Dunkelheit führt der Weg ans Licht. Die Labyrinthe des Leids, sind uns nicht verhasst. Wir fühlen die Gefahr in ihnen, die Dunkelheit, das Grausen ebenso wie jeder andere, der sich in ihnen bewegt. Aber wir wissen auch, dass nur durch ihnen der Weg in ein neues, unbekanntes Land, mit tausend unentdeckten Möglichkeiten führt.

Carlos, der Maler, einer meiner imaginären Freunde, gibt Zeugnis von dem Gesagten. Früh verheiratet und mit zwei Kindern noch enger gebunden, als es die Ehe allein vermocht hätte, verlor er bald allen Freiraum und allen Antrieb für seine Kunst. Ich hätte nicht zu sagen vermocht, ob der Kunst da viel verloren gegangen sei, oder nicht. Talent hatte er zweifelsohne von Anfang an bewiesen, doch haftete seinen frühen Werken etwas Harmloses und Konventionelles an. Der Betrachter spürte zwar, dass da kein gewöhnlicher Geist am Werke gewesen war, aber einer, der sich niemals außerhalb schon längst gebahnter Wege bewegte. Es fehlte der persönliche, unverkennbare Stil, an den der Künstler zu erkennen ist, der über das Mittelmaß hinaus ragt. Nachdem er in der Ehe krampfhaft versucht hatte, seine Kunst fortzuführen, und festgestellt hatte, dass sie immer flacher und nichtssagender wurde, hatte er das Malen schließlich ganz aufgegeben. Schon vorher hatte er eine Arbeit in einem Versicherungsunternehmen angenommen, so dass er, neben der Zeit, die er mit seiner Familie verbrachte, sowieso kaum noch eine halbe Stunde am Stück mit Malen verbringen konnte. Er schien sich leicht in sein Schicksal zu finden. Einmal erklärte er mir, dass er die Wünsche seiner Jugend, ein Leben mit Malen zu verbringen, nun als Irrweg auffasste. Die Natur hätte uns dazu bestimmt, Kinder in die Welt zu setzen und sich um diese zu Sorgen und sie aufzuziehen. Allein das sei schon eine hohe und wertvolle Aufgabe. Er sei nun sehr viel glücklicher als in der Zeit, in der er auf seinen „egoistischen Pfaden" wandelte, wie er sich ausdrückte. Sieben Jahre war er nichts weiter, als der treu sorgende Familienvater. Und es schien auch ganz so, und wohl auch ihm selbst, als wäre er mit dieser

Rolle restlos zufrieden. Dann aber, scheinbar plötzlich und wie aus heiterem Himmel, erkrankte er schwer an Asthma. Die Atembeschwerden wurden bald so schlimm, dass er seinen Beruf nicht mehr ausüben konnte. Auch zu Hause war er seiner Familie keine große Hilfe mehr. Große Anstrengungen vertrug er nicht. Er saß stundenlang da und bemitleidete sich selbst. Ich besuchte ihn mehrmals in dieser Zeit. Und er bot in der Tat ein Bild des Jammers, stoppelbärtig und leicht verwahrlost, den Inhalator stets griffbereit, saß er schweigsam in einem großen Sessel nahe am Fenster. Von Zeit zu Zeit gab er verbale Allgemeinplätze seiner Selbstbemitleidung von sich, wie etwa diese: „Ach, mit mir ist nicht mehr viel los. Ich kann nicht einmal mehr den Lärm meiner eigenen Kinder ertragen, so dass meine Frau sie von mir fern halten muss. Statt ihr helfen zu können, bin ich ihr nur mehr eine Last. Da wär's doch besser, wenn man gleich tot wäre." Oder: „Warum muss den das gerade mir passieren? Was soll denn jetzt aus den Dreien werden?" Im Lesen der Emanationen der tieferen Schichten der Seele nicht ganz unbewandert, riet ich ihm damals, sich mal wieder ausnahmsweise, da er im Moment ja notgedrungen eh genug Zeit hätte, auf die eigenen Dinge zu besinnen. „Vielleicht versuchst Du ja wieder einmal etwas zu malen", meinte ich. Den es schien mir so, dass die Stockung der Lebensenergie, die

bei ihm eingetreten war, darauf zurück zuführen war, dass ein wichtiger Teil seiner Persönlichkeit, die ganze innerste Gesetzlichkeit seines Wesens, jahrelang unterdrückt worden war. Wie halb und halb erwartet, reagierte er sehr heftig und ablehnend darauf. Er wurde richtig böse auf mich. „Aha, daher weht der Wind. Ich soll jetzt meine Krankheit schamlos ausnützen und nur noch das tun, wozu ich gerade Lust habe. Das wäre Verrat an Bettina (seine Frau). Aber Du hast sie ja noch nie wirklich gemocht. Hast mir stets einreden wollen, das ich meine Pflichten ihr gegenüber vernachlässigen und meinen eigenen unnützen Kram, den ich mal in jugendlicher Selbstüberschätzung getrieben hatte, wichtiger nehmen soll, als meine Pflichten gegenüber meiner Familie. Du kommst mir gerade recht. Es ist besser wenn Du jetzt gehst."
Die Sätze hatte er hastig ausgesprochen. So als fürchtete er sie nicht zu Ende ausführen zu können. Und richtig wurde er gleich von einem seiner Asthmaanfälle übermannt. Den Inhalator wie eine schützende Maske vor das Gesicht haltend, sog er panisch an dem Gerät. Ich verabschiedete mich wortlos. Ich war ihm nicht böse. Ich ahnte und fand später bestätigt, dass die Worte nicht umsonst gesprochen worden waren, sie vielmehr fruchtbaren Grund berührt hatten."

Zunächst aber war es ihm Schicksal noch tiefer in das Meer des Leids einzutauchen. Ich erfuhr erst viel später von ihm, was in dieser Zeit geschah. Nicht ganz ein Jahr nachdem die Krankheit so schlimm geworden war, dass er seine Arbeit nicht länger hatte ausführen können, verließ ihn seine Frau, suchte sich einen älteren, nicht eben am Hungertuch nagenden Mann und zog mit den beiden Kindern zu ihm. Sie hatte es satt diese Selbstbemitleidung länger mit anzuschauen, wie sie sich ausdrückte. Mir scheint es, als hätte sie schon immer mehr einen Ernährer für sich und ihre Kinder gesucht, als einen echten Partner im Leben. Dafür spricht auch, dass sie, als sie mit dem ersten Kind schwanger war, ihm das Malen systematisch verleidet hatte, wie Carlos mir später einmal erzählte. Sie hatte von unnützer Spielerei und Zeitverschwendung geredet. Und er solle sich lieber einen ordentlichen Job besorgen und sich um sie und das Baby kümmern, anstatt Leinwände vollzuschmieren. Als sie ihn verlassen hatte, versank er noch tiefer in Selbstmitleid und Resignation. Da sie ihn aus Bosheit auch die Kinder vorenthielt und er keine Kraft hatte vor Gericht ein Umgangsrecht durchzusetzen, hatte er nun alles verloren, wofür er vorher gelebt hatte.

„Ich versank in ein tiefes, schwarzes Loch, irrte in unterirdischen Höhlen und Katakomben umher, tiefer und dunkler als du es dir auch nur Vorstellen kannst, Wochenlang, Monatelang", erzählte er mir später.

„Ich flüchtete mich in den Alkohol und wollte sterben. Schließlich habe ich es auch probiert. Ich trank eine ganze Flasche Whiskey, und stülpte mir eine Plastiktüte über dem Kopf. Halb im Ersticken hatte ich schließlich einen Traum, oder eine Vision, oder wie Du es nennen magst. Ich sah mich selbst immer weiter in einem tiefen, doch unendlich kristallisch klaren Ozean versinken. Im Versinken schnappte ich vergeblich in panischen Schrecken nach Luft, streckte meine Arme nach oben aus, um Hilfe bettelnd. Da oben saßen meine Frau und meine Kinder in einem Boot. Lautlos flehte ich sie an mich doch zu retten, zu sich auf das sichere Boot zu ziehen. Aber sie lachten nur und kümmerten sich nicht um mich. Da gab ich mich auf. Wendete mich von ihnen ab. Und da sah ich durch das klare Wasser eine Insel. Und diese Insel schien mir unendlich verlockend. Die Formen und Dinge auf dieser Insel leuchteten in Farben von einer Intensität und Ausdruckskraft, wie ich sie nie zuvor gesehen hatte. Und da begriff ich, dorthin musste ich gelangen. Nicht in das Boot mit meiner Frau und meinen beiden Kindern. Und ich begriff, dass ich in den Jahren meiner Ehe halb erstickt war, weil ich einen Teil meiner Selbst aufgegeben und verraten hatte. Das Asthma war dafür nur Symbol und körperlicher Ausdruck gewesen. Im Reflex riss ich mir die Plastiktüte vom Kopf und atmete tiefer und begieriger die herrliche Luft ein, als ich es je in meinem Leben getan hatte."

In dieser Stunde begann sein neues Leben. Er verkaufte alles, was er noch besaß und begab sich ein Jahr und länger auf Reisen. Selbst sein Asthma war, nachdem er halb erstickt war, geheilt. Bezeichnenderweise verbrachte er die meiste Zeit auf Inseln. Auf Inseln des Mittelmeeres, auf Inseln in der Südsee, in der Karibik, auf den Azoren im Atlantik. Und er malte die Dinge auf den Inseln in den Farben, die er in seiner Vision gesehen hatte. Mit Farben von einer Reinheit und Leuchtkraft, als wären sie in einem Säurebad von allem Störenden, von allem Unreinen befreit worden – im Säurebad des Leids.

Zugegeben, in die tiefsten Katakomben des Leids, fällt kaum ein Lichtstrahl des Trostes. Auch wer das Leid nicht fürchtet, wird in den Augenblicken der tiefsten Seelenverdunkelung kaum Trost in seiner vorherigen Furchtlosigkeit finden. Was bleibt, ist gegenüber dem Schmerz eine Haltung einzunehmen, die ich aristokratisch nennen möchte. Muster hierfür war mir seit je her der Manfred Lord Byrons. Ein Buch, das sehr zu unrecht wenig bekannt ist. In der zweiten Szene des zweiten Aktes heißt es: Wir sind die Narr'n von Zeit und Schrecken: Tage stehlen sich zu uns – von uns; und wir leben, Mit Lebensekel und doch Furcht des Todes. In all den Tagen des verhassten Joches – Der Lebenslast auf dem gequälten Herzen, Das stockt in Kummer, heftig schlägt in Schmerz Oder Freude, die mit Pein, mit Ohnmacht endet... Im tiefsten Tal des Leids wird das Leben zur Last. Wir sehnen uns nach Vergessen, nach Erlösung, und sei's im Tode; und Schrecken doch zugleich vor ihm zurück. Das „wir" bezeugt es. So zu leiden ist allen Menschen gemein. Individuell verschieden jedoch, ist sowohl der Auslöser des Leids, als auch der Umgang mit diesen. Über beides erfahren wir einiges in Byrons Drama: Astarte! o Geliebte! - sprich zu mir! So viel hab ich gelitten – so viel leid' ich – Sieh her! Das Grab hat dich nicht mehr verändert, Als ich um dich verändert bin. Du liebtest zu viel mich, und ich dich: geschaffen waren wir nicht, uns so zu foltern, ob es schon Todsünde war, zu lieben, wie wir liebten... Byron verarbeitet in dem Drama sein eigenes Leiden. Seines und seiner Halbschwester Lebensdrama, das durch die Liebe zueinander ausgelöst wurde, deren körperliche Erfüllung sich die Geschwister nicht versagten. In einen Brief an seine Vertraute, Lady Melbourne, bekennt Byron: Wissen Sie, was ich fürchte, das diese perverse Leidenschaft doch meine tiefste war. Als Andeutungen und Gerüchte über die Inzestbeziehung nach Außen drangen, folgte die gesellschaftliche Ächtung. Byron musste aus England fliehen. Die beiden Liebenden sollten sich nie mehr in ihrem Leben sehen.

Wer übrigens glaubt, ein solches Drama wäre in der heutigen Zeit nicht mehr denkbar, der ist einfach nur in der Naivität des Zeitgeists gefangen, der immer meint, die gegenwärtige Zeit wäre allen vorhergegangenen in allen Dingen überlegen. Das Maß des Leids in der Welt nimmt trotz aller gegenteiligen Bemühungen nicht ab. Verschiedene Zeiten unterscheiden sich nur dadurch voneinander, dass die Gewichtungen des Leids unterschiedlich verteilt sind. Wenn wir auch manche Doppelmoral des puritanischen Geistes überwunden haben, so sähe das Schicksal Byrons heute dennoch nicht viel anders aus. Vielleicht sähe es sogar noch härter aus. Denn der Gefängnisstrafe, mit der heute bestimmte Fälle der Blutschande bedroht sind, entging er. Dazu die ekelhafte Boulevardpresse...

Damals war die Welt noch nicht in dem Ausmaß globalisiert wie heute, so dass sich die gesellschaftliche Ächtung nur auf sein eigenes Land beschränkte und er ein recht angenehmes Asyl auf dem europäischen Festland finden konnte. Auch dies wäre heute gar nicht mehr denkbar.

Manfred, der Protagonist des Dramas, trägt dieselbe Schuld wie sein Dichter. Die Liebe zu seiner Schwester Astarte. Und beide tragen sie wohl auf die gleiche, vornehme Weise. Mit Stolz, und mit einer Kraft, in der auch in den größten Anbrandungen des Leids noch die Souveränität über sich selbst und über das Leid gewahrt bleibt. In der ersten Szene des zweiten Aktes spricht ein einfacher Gemsenjäger zu Manfred: Seltsamer Mann, halb irr von einer Schuld, die dir den leeren Raum bevölkert, was auch dein Schreck und deine Pein sei, noch gibt's Trost – Bei heil´gen Männern und in stillen Dulden – Darauf antwortet Manfred: Dulden und dulden! Geh – das ist ein Wort für Lastvieh, aber nicht für Beutevögel; Pred´ge es Sterblichen aus Staub gleich deinem – Ich bin nicht deinesgleichen. Und später, in der Geisterrunde, heißt es: Er (Manfred) ist zerrissen – Das heißt, sterblich sein Und Dinge jenseits Sterblichkeit begehren. Doch sehet, er bemeistert sich und macht Die Qualen untertänig seinem Willen. Wär´ er der Unsre, ein gewalt´ger Geist wär er geworden.

Haltung zu bewahren, auch im Leid. Sich zu bemeistern, das sind Dinge, die auch ein anderer großer Prototyp des Leidens,

Prometheus, an den Tag legte. Sie sind ein Ideal nur. Ein Ideal, dessen Erreichung eine fast übermenschliche Anstrengung bedeutet. Aber ein Ideal, fürwahr, dem es nachzueifern gilt.

Wer nicht „Deinesgleichen" ist, das heißt, der in Schuld und Leid nicht den Kardinalfehler der meisten begeht, nämlich in Schuldzuweisungen und Selbstmitleid zu verfallen, oder sich in seiner Angst zu verlieren, für den bedeutet Dulden fürwahr nichts. Dem bleiben eigentlich nur zwei Wege offen. Schwerere Wege. Einsame Wege. Aber Wege, die es sich zu gehen lohnt. Der eine Weg ist, sich mit einer Art heroischen Selbstverachtung ganz in das Leiden zu stürzen. Es bis zum Grunde auszukosten. So lange es wütend verschlingen und in sich einsaugen, bis das Leiden selbst sich schließlich erschöpft hat. Der zweite Weg ist, sich mit Hieb und Stich daraus empor kämpfen. Sieger zu bleiben über das Leid. Freilich muss bei beiden Wegen, neben eigener Kraft und Mut, noch ein Drittes hinzutreten, soll die Befreiung gelingen. Etwas, das im Numinosen, im Unsagbaren, Unwissbaren begründet liegt und das man einstmals mit dem Begriff der göttlichen Gnade umschrieben hat. Ein Licht, das plötzlich und unerwartet aus der Dunkelheit auftaucht. Ein Weg aus dem Leid, der sich mit einem Male auftut. Ein Wunder, das geschieht. Ein Wunder freilich, das nie geschehen wird, wenn wir uns nicht den Bereichen, in denen das Wunder erst möglich wird, aus eigener Kraft zu nähern verstehen.

Nein, wir haben keine Angst vor dem Leid, wir Abenteurer der Seele. Wissen wir doch, dass niemand ohne Leid ist, so lange er am dynamischen Prozess des Lebens teilnimmt. Nur wer sich dem Leben abwendet, innerlich versteinert, verhärtet, vermag sich dem Leid zu entziehen, bis er dann vielleicht, irgendwann, an der eigenen Versteinerung und Verhärtung, wieder zu leiden beginnt. So heißt das Leid annehmen, auch das Leben annehmen. Wenn man leben, zugleich aber das Leid vermeiden will, so wäre das gerade so, als wolle man willkürlich irgendeine körperliche Funktion aus dem organischen Ganzen des Menschen verbannen. So als wollte man sagen: „Ich atme und durch meine Adern fließt warmes Blut. Gedanken, Träume und Phantasien durchzucken die Nervenbahnen meines Gehirns. Getreulich setzen die Muskeln meinen Willen in die Tat um. Und all das ist gut. In all dem spüre ich die Kraft des Lebens in mir. Aber wie schrecklich ist es doch Tag für Tag essen und verdauen zu müssen. Man möge doch Essen und Verdauen möglichst aus dem Leben verbannen."

Nein, wir Abenteurer der Seele wissen um den Wert des Leids. Ist die seelische Qual nicht zugleich Motor für einen Umwandlungsprozess, der ohne Leidensdruck niemals stattfinden würde? Das Leiden ist Ausdruck eines sich selbst regulierenden Systems. Wenn man den geheimen Sinn, der in diesem System verborgen liegt, verfehlt, seinen eigenen innersten Gesetzen untreu wird, so leidet man. Dann zwingt uns das Leiden, die Haltung gegenüber dem Leben von Grund auf zu wandeln. Es treibt, es presst, es zwingt uns voran in eine erneuerte, verwandelte Existenz. Und je mehr Widerstand wir diesem notwendigen Umwandlungsprozess entgegensetzen, desto größer wird der Leidensdruck, der schließlich all unsere sinnlosen Widerstände bricht. Dann ergeben wir uns dem Leid. Schließen uns darin ein, umarmen den Schmerz, liebkosen die Düsternis um uns. Dann verpuppt sich die Seele. Lange, lange Zeit verharrt sie in erstarrtem Zustand. Bis wir schon denken, sie wäre abgestorben, tot. Aber bald schon entfaltet die Seele ihre Flügel von Neuem, buntere und schillerndere Flügel als jemals zuvor, und setzt zum freien, leichten Flug an, in die neue, veränderte Welt.

Unter Köchen

Mit Ariadne, so wie wir es manchmal zu tun pflegen, des nachts in einem noblen Restaurant. Der Ober, der uns bediente, war von einer ausgesuchten Freundlichkeit. Mit meisterhafter Sicherheit und Eleganz tranchierte er für uns die ausgesuchtesten und zartesten Fleischstücke. Um mir einen besonderen Gefallen zu tun, bot er nach dem Essen an, mir zu zeigen, wie die Speisen zubereitet werden. Da ich mir selten ein Lehrstück entgehen lasse, war ich sogleich bereit ihm zu folgen. Ich hatte erwartet in die Küche geführt zu werden, doch stattdessen kamen wir, nachdem wir einige Zeit durch verwinkelte, dunkle Gänge geirrt waren, in einem geräumigen Hinterhof, der von Fackeln erleuchtet wurde. Zahlreiche Köche, mit ihren typischen, hohen Mützen, mit karierten Hosen und weißen Schürzen angetan, waren dort an riesigen Kesseln beschäftigt, unter denen offene Feuer loderten. Neugierig trat ich näher und erkannte alsbald, was für Fleisch da gesotten wurde. In den Kesseln schwammen menschliche Gliedmaßen, Arme, Beine, durch das kochende Wasser weißlich, dick aufgequollen. Hie und da stierten tote Augen aus kahl rasierten, gebrühten Schädeln. Hände streckten sich mir, wie im Tod noch um Hilfe flehend, entgegen. Kaltes Entsetzen packte mich. Ich ließ den Ober stehen und suchte mir unter Mühen den Weg durch die dunklen, labyrinthischen Gänge zurück ins Restaurant. Dort saß Ariadne gerade beim Nachtisch. Ich packte sie am Arm und sagte zu ihr: „Lass uns gehen. Schnell!" Etwas an meiner Stimme oder an meinem Äußeren musste ihr wohl augenblicklich klar gemacht haben, dass hier keine Diskussion und kein Zögern angebracht war. Ohne sich um Rechnung oder Bezahlung zu kümmern sprang sie auf und eilte noch vor mir dem Ausgang zu. Wir mussten noch ein Stück durch einen dunklen Gang, dann hatten wir die altmodische Tür erreicht, die ins Freie führte. Ariadne öffnete sie und eilte nach draußen. Als auch ich die Türschwelle überschreiten wollte, hielt mich eine dunkle, unheimliche, doch unsichtbare Macht zurück. Da erst steigerte sich mein Entsetzen ins Ungeheure. Der Schrei schließlich, den ich in panischer Angst hervorstieß zerstörte die Bilder des Traums und katapultierte mich augenblicklich zurück in die nächtliche Realität meines sicheren Bettes

Ekel

Kurz vor dem Erwachen das widerliche Bild. Ein Mensch, hingeschlachtet, ganz seiner Form beraubt, ein blutiger Klumpen, aus dem weiße Zähne wie Maden hervor staken. Ein

Gefühl der Schuld und des Ekels vermischten sich im Traum. Gefühle, die in ihrer existentiellen Intensität alle Sicherheiten und Ideale, selbst geschaffene wie gesellschaftlich geglaubte, über den Haufen zu werfen vermögen. Wie dieses daraus existierende Vakuum zu füllen sei, das ist nicht nur ein persönliches, sondern überhaupt ein großes Thema unsere Zeit. Ein Thema, das aus den tiefsten Schichten des eigenen Inneren mehr und mehr mit Notwendigkeit an mich heran getragen wird.

Skorpionszeit

Nacht wird es. Immer mehr Nacht um mich her. Mein Sein nistet nun in der Dunkelheit. Meine Seele ein Ungeheuer der Finsternis. Ich habe Räume um Räume durchmessen. In diesen gehetzten Minotaurosjahren. Leere Räume. Räume und Landschaften voller Verwesung, voller Angst, voller Dämonie. Was suchte ich eigentlich in den dämonischen Labyrinthen des Minotauros? Die Gefahr? Das Abenteuer? Sicherlich. Doch fehlte mir etwas. Vielleicht die Gunst der Aphrodite.

Explosionen zertrümmern die Luftbauten der Seele. Und doch,

die Neugier, der Hunger, sind nicht geringer geworden. Nur finden sie ihr Ziel nicht mehr. Der Kuss der Schattenprinzessin und Eisfee belebt mich nicht mehr. Ach, der gefrorene Tanz. Er muss noch einmal gewagt werden. Noch warten ungezählte Abenteuer der Nacht auf mich. Gerade jetzt auch. In dieser dunklen Skorpionszeit, in den Irrgärten des Novembernebels.

Der Wunsch ein Skorpion zu sein – das letzte dunkel schimmernde Zeichen in erfrorener Seele. Im Schlamm des Urmeers wühlen, dem Tode ganz nah, gewärmt an seiner Brust. Ein Fest der Knochen! Eigene Kraft im Humus, dem Leben dienstbar. Ein Skorpion an meiner Brust. Das wäre das Zweitbeste. Er würde mich mit seinen giftigen Küssen verwandeln. Ich der Frosch, er die Prinzessin. Ekstase chtonischer Kräfte! Doch andere Sterne umkreisen mein Haupt. Luft überhaupt – nicht Erde. Der Gehängte – in luftiger Höhe. Verkehrt herum beseh´ ich die Welt. Und besser scheint sie mir so.

Nacht, ja Nacht, umfängt mich. Doch wie der Schmerz vermag auch sie uns zu wiegen. Ein Nest aus Schmerz und Nacht webe ich mir. Dort spiele ich endlose Spiele mit mir selbst. Endlos denke ich dieselben Gedanken, endlos träume ich dieselben

Träume. Nachtgedanken. Tagträume. Statt Blut fließt roter Wein durch meine Adern. Rollend und wirbelnd in endloser Gier. Zwischen Nebel und Bergesweitblick schwanke ich. Es ist als müsste alles Leben erlöschen, um einmal, in anderer Zeit, erneut auflodern zu können. Flammensehnsucht ist der Ruf der Stunde. Licht. Mehr Licht! Doch irgendwann erst. Jetzt aber bewohne ich die nächtlichen Stunden. Es lebt sich gar nicht so schlecht darin. Nur in Erinnerung an die Freiheit des Lichts erscheinen sie als Gefängnis.

Der Wunsch ein Skorpion zu sein. Ja, auch dieses Wollen erfüllt die Jahre des Minotauros. Dieses Glitzernde, Glänzende, schwarz Gepanzerte ist ihnen gemäß. Und auch Ariadne steht unter seinem Zeichen. Wahrscheinlich wählte ich sie deshalb zur Gefährtin in labyrinthisch, chtonischer Zeit. Obwohl sie auch Kind ist, ist sie doch Mutter und Göttin zugleich. Vom Gift des Skorpions berauscht, hielten unsere Seelen sich umschlungen im liebestollen Spiel. Und doch musste jeder alleine den Wegen des Labyrinthes folgen, dem heißen Atem des Minotauros trotzen. Doch ohne die verzweifelten Küsse des anderen, wären wir beide zu Grunde gegangen. Und auch ohne den glückbringenden Skorpion, den wir als Amulett auf unserer Brust trugen. Verstehst Du nun, warum der Wunsch Skorpion zu werden, in den Tagen des Nebels, schwer und tief die Seele zu erfüllen vermag?

Megalithische Verblödung

Körperloser Flug über gebirgige Landschaft. Überall an den Hängen der Berge gewaltige, steinerne Stereoanlagen. Schon der megalithische Eindruck der verwinkelten Anlagen wies auf einen Rückschritt in der menschlichen Historie hin. Es war die Zeit in der der Dollar den Taler als Währung weltweit abgelöst hatte. Die steinernen Lautsprecher waren Symbol für den letzten Rest an Religiosität, der von den Menschen noch aufgebracht werden konnte. Die Medien waren an die Stelle der Religionen getreten. Sie waren anbetungswürdig geworden. Tag und Nacht verkündeten sie von den steinernen Lautsprecheranlagen aus, priestergleich, den Menschen ihre trivialen Wahrheiten. Der Geist hingegen manifestierte sich nur mehr in grotesken und kindlichen Formen. So wurde ich Zeuge einer Dichterlesung. Ein in seiner stupiden Seichtheit geradezu lächerlich anmutendes Gedicht, wurde als des Geistes höchster Gipfel und Vollendung gepriesen. Während hingegen die Gedichte Goethes und Nietzsches als unverständlicher Unsinn gebrandmarkt wurden.

Nach der Lesung sollte in Erinnerung an den Tag, an dem die Menschheit ihren geistigen Zenit erreicht hatte, ein Baum gepflanzt werden. Es wurden Schaufeln an die Menge verteilt. Jeder sollte graben. Die Menschen jedoch drehten die Schaufeln unschlüssig hin und her, ohne zu wissen, was sie damit anfangen sollten. Einer aus der Menge meinte, man müsse vielleicht damit graben. Darauf erwiderte ein anderer: „Das kommt mir aber widernatürlich vor."
Meine Körperlosigkeit für einen Augenblick aufgebend, warf ich ein: „Kommt es ihnen deshalb widernatürlich vor, weil die Menschheit in den letzten Jahrzehnten einen beispiellosen Prozess geistiger Verblödung durchlaufen hat?"
In der Menge lange Zeit dumpfes Nachdenken. Dann zustimmendes Kopfnicken überall ringsumher.

Satanische Brut

Ariadne lag in den Wehen. Schwer war die Geburt. Fast war sie einer Agonie gleichzusetzen. Es galt um Leben und Tod. Immer noch mehr Komplikationen traten auf. An ihren Schreien erstickte sie fast. An ihrer Schwere erstickte sie fast. Und seltsam. Wie fremd und kalt fühlte sich das Wesen an, das da aus ihrem Leib wollte. Erschöpft und schlaff lag sie in den nassen, durchgeschwitzten Laken, als man ihr das Kind zeigte, das sie geboren hatte. Grenzenloses Entsetzen packte sie wie eine kalte Faust, als sie sah, was da aus ihr selbst, aus ihrem Innersten an das Tageslicht gekommen war. Böse und hässlich blickte es sie an, das Kind. Es war Satan selbst! Es war das absolute Böse, das sie geboren hatte.

Ich selbst irrte unterdessen in Krankenhäusern umher. Plakate hingen an den Wänden, die ich versuchte zu entziffern. Auf vielen war ein großes „R" abgedruckt. Unter diesem Zeichen wirst Du Hilfe finden! Doch Näheres war nicht zu erfahren. Der Rest des Textes war in einer fremden Sprache verfasst. War das Englisch? Das hätte ich eigentlich verstehen müssen. Nun ja. Eigentlich war ich auch wegen anderer Dinge hier. Wo war Ariadne? Lange irrte ich durch labyrinthische Krankenhausfluren. In einem Wartebereich saßen einige Frauen beieinander, die mir seltsam vertraut und doch auch fremd waren. Durch Zufall schnappte ich einige Bruchteile ihres Gespräches auf. Sie redeten über mich: „Sie hat ihn verlassen, als sie schwanger war. Hat ihn einfach weggeschickt, um ihr Kind alleine auf die

Welt bringen zu können. Wie demütigend muss das für einen Mann sein!"

„O, wenn die den wahren Grund wüssten, warum sie mich verlassen hat", dachte ich. Doch war hier kein Bleibens mehr. Ich rannte die Gänge entlang, bis ich endlich den Ausgang fand. Dann saß ich in meinem Auto. Stürme umbrausten mich, während Hagelkörner laut und panisch auf das Blech prasselten. Das hier, der Wagen, war jetzt mein Zuhause. Ein anderes hatte ich nicht mehr. Wenn nur wenigstens kein Winter wäre. Doch auch hier gab es keine Rast. Es folgte der Sturz in der Dunkelheit über Landstraßen und Autobahnen. Gleich im Wald, der dunkel und verschneit war, der erste Schreck. Vollbremsung mit quietschenden Reifen. Der Gestank von verbrannten Gummi drang in den Fahrerraum des Autos. Für Sekunden heulte der Motor wild und drohend auf. Keine zehn Zentimeter von den zwei Wesen, die da vor mir auf der Straße kauerten und sich an irgendeinem Aas gütig taten, kam ich zum stehen. Hatte ich nicht schon einmal solche kleinen, bösartigen Wesen gesehen, als sie einen Mann bei lebendigen Leibe die Bauchdecke zerfleischten und das rohe Fleisch verschlangen? Wie hatte der geschrien! Wie verzweifelt hatte er versucht, die kleinen, bösartigen Wesen von sich fern zu halten, ohne das es ihm gelungen wäre. Nein, nun erst sah ich, als die zwei Wesen in den schützenden Wald davon sprangen, dass es Dachse gewesen waren. Doch blieb keine Zeit darüber nachzudenken. Weiter ging der nächtliche Sturz. Als wären es Irrlichter, raste das grelle Licht von Autoscheinwerfern an mir vorüber. Dann das dunkle Zeichen: „666". Das große Tier ist erwacht! Welche bösen Vorzeichen treten nun so geballt in das Leben ein! Ungeheure Angst kroch mir in kalten Schaudern über den Rücken, als berührten mich die eiskalten Hände bösartiger Wesen. Der Malstrom, der meine Existenz zu verschlingen droht, kommt näher und näher. Schon ist sein Tosen wie das Brausen von Stürmen zu hören.

Krane und Skelette

Plötzliches Erschrecken, als beim Blick aus dem Studierzimmer, unvermutet das rippige Gerüst eines hohen Krans über die Dächer der Häuser empor ragt. Aus tiefen Tagträumen erwachend, nehme ich zunächst nur die skelettartige, wie Totenfinger in den Himmel greifende Struktur dieses riesigen technischen Apparates wahr, ohne im ersten Augenblick seinen gewohnten, mir seit langem geläufigen und vertrauten Platz in dem mir innewohnenden Weltbild zuordnen zu können. Für den Bruchteil einer Sekunde ist diese technische Apparatur von dämonischem, gefährlichen Glanz umwoben. Es ist als wäre dieser Kran, dessen Errichtung mir entgangen zu sein scheint, einer anderen, traumartigen Welt entsprungen. An den Anblick der verschiedensten technischen Einrichtungen, Apparaturen und Maschinen von Geburt an gewöhnt, fällt uns Heutigen normalerweise das Surreale, Unwirkliche und Phantastische unserer technischen Welt kaum mehr auf. Nur in seltenen Augenblicken zerreißt dieser, durch lange Gewohnheit gewobene Schleier der Maya, und es schimmert der geheimnisvolle, dunkle und gefährliche Glanz einer anderen, hinter der gewohnten Welt liegenden Dimension, in unser Dasein herüber.

Die Blutgräfin

Elisabeth Bathory – geboren 1560. Sie gehörte zu eine der reichsten und vornehmsten ungarischen Adelsfamilien der damaligen Zeit. Das Vermögen der Familie überstieg noch das der ungarischen Könige. So etwa war Matthias II., König der Ungarn, Schuldner bei den Bathories. Doch nicht vom

Politischen soll hier die Rede sein. Der Clan brachte auch einige der skrupellos-exzentrischsten Gestalten der Geschichte hervor. Ein Onkel Elisabeths war ein bekannter Satanist. Ihre Tante Klara eine sexuelle Abenteurerin und ihr Bruder Stefan ein Trinker und Wüstling. Doch am skrupellosesten war Elisabeth selbst. Nach dem Tod ihres Mannes 1604 gab sie sich ohne Hemmungen ihrer dämonischen Lust hin. Objekt ihrer Begierde waren ihre Dienerinnen und junge Mädchen, die sie aus den umliegenden Dörfern von ihren Häschern entführen ließ. Sie liebte es ihre gefesselten Opfer zu beißen und ihnen das Fleisch von den Knochen zu reißen, dass ihr das Blut warm aus dem Munde lief. Auch steckte sie mit Öl getränktes Papier zwischen die Zehen der jungen Frauen und Mädchen und zündete dieses an. Ebenso genoss sie es, das Schamhaar ihrer Dienerinnen in Brand zu setzen. Grausam waren auch ihre Küsse. Es kam vor, dass sie dabei so lange am Mund ihrer unfreiwilligen Gespielinnen saugte und sog, bis deren Lippen zerrissen und sie das ausströmende Blut vom Gesicht der Mädchen lecken konnte. Mit Wonne praktizierte sie noch unzählige weitere Foltermethoden. So stach die grausame Gräfin den Mädchen Nadeln in den Körper, sowie unter die Finger und Zehennägel. Oder sie legte ihnen mit Zangen rotglühende Münzen und Schlüssel in die Hand. Auch ließ sie im Winter Mädchen in den

Schnee werfen und mit kalten Wasser übergießen, so dass sie erfroren. Mit den zahllosen Leichen ging sie recht sorglos um. Zum Teil verstaute sie sie unter den Betten in ihrem Schloss, bis ihre Diener sie einfach auf die umliegenden Felder warfen. Da sie durch die zuvor erlittenen Torturen vollkommen ausgeblutet waren, nährte das unter der Bevölkerung den Vampirglauben. Es ist anzunehmen, dass Elisabeth während ihrer sexuell-sadistischen Rasereien in einen Zustand hysterischer Ekstase geriet. Die Qual ihrer Opfer wandelte sich in ihrem Gehirn zu eigener Lust. Erst als ihr die Opfer unter der einfachen Bevölkerung nicht mehr genügten und sie adlige Jungfrauen zu ihren nächtlichen Gewaltorgien verlockte, ereilte sie der Arm der Gerichtsbarkeit. In dem Prozess, der 1611 gegen sie stattfand, wurde sie jedoch nicht zum Tode verurteilt. Während man ihre Komplizen, nach verschiedenen Folterungen, bei lebendigem Leib auf dem Scheiterhaufen verbrannte, wurde die Gräfin in ihrem Schlafzimmer, auf ihrem Schloss in Cachtice, bei zugemauerten Fenstern eingesperrt. Sie sollte die Sonne niemals mehr wieder sehen. Bis zu ihrem Tode im Jahre 1614 dämmerte sie hier als „lebendiger Leichnam" ihrem Ende entgegen. Das sind fürwahr Schreckensbilder aus dem Kabinett der Sexualität, die zweifelsohne auch eine dämonische Seite besitzt. Gegenüber de Sades Phantasien rücken solche Bilder auf Grund ihrer Authentizität näher heran. Man bekommt eine Vorstellung in was ein blinder und entarteter Naturtrieb den Menschen zu verwandeln vermag.

Über das Böse

Solche Einblicke in die irdischen Vorhöfe der Hölle, mögen zwar nicht alltäglich sein und doch findet sich das Böse überall. Es durchzieht wie ein dunkles Gewebe den Grund der Dinge. Verbindet sich, wie in einer chemischen Reaktion, mit anderen Elementen, mit der Macht, mit einer verzerrten Auffassung der Realität, ob nun im fanatischen oder krankhaften Sinne, oder mit dem tierhaftesten Gefühlen und Trieben des Menschen, um so erst seine Wirkungsmächtigkeit entfalten zu können. So lässt der Diktator foltern und morden und findet noch ohne Mühe Schergen, die seine unmenschlichen Anordnungen in die Tat umsetzen. Oder man meint dem Willen Gottes zu dienen, wenn man sich und möglichst viele andere, Unschuldige, in die Luft sprengt. Oder man leidet an wahnhaften Vorstellungen, und sieht überall um sich Monster, Aliens oder Verschwörer, bis man einen von ihnen den Schädel einschlägt. Sei es nun gar der Nächste. Bruder, Vater oder Mutter. Oder man wird ankerlos vorwärts getrieben von einem der mächtigsten Triebe in uns, der Sexualität, die sich sowohl in der Wahl der Mittel und Wege ihrer Lustbefriedigung und Triebabfuhr, wie auch in der Wahl des Objekts der Begierde, in den dunkelsten Labyrinthen des Verlangens zu verirren vermag.

Dabei ist wohl das Bündnis, das das Böse mit der Macht eingeht, oder wenigstens einzugehen vermag und in der Geschichte der Menschheit unzählige Male eingegangen ist, dasjenige, welches bislang die größten Unmenschlichkeiten und die schrecklichsten Grausamkeiten zeugte. Auch wenn man einen Jack the Ripper vor Augen hat oder einen der anderen zahllosen Massenmörder und Triebtäter, die in der Kriminalgeschichte immer wieder auftauchen und die deshalb einen so furchtbaren und nachhaltigen Eindruck auf die Menschen machen, weil ihre Taten zumeist in die moralische Windstille einer ansonsten friedlichen Zeit fallen. Und wohl auch, weil sie vor Augen führen, in welchem Ausmaß das humane Ideal des Menschen zu einem Zerrbild zu werden vermag. Das in einem solchen Fall der moralische Aufschrei der Massen viel von primitiver Rachelust an sich hat und von einem kindlichen Glauben zeugt, sich in eben diesem Aufschrei abgrenzen zu können von dem Bösen, das der andere verkörpert, steht auf einem gesonderten Blatt und soll uns hier auch nicht weiter interessieren. Auch wenn eine solche Einstellung selbst schon zu den Konstellationen zählt, die das Böse einzugehen vermag. In diesem Falle eben mit Arroganz und Dummheit. Wenn ein ähnlicher Instinkt unter den Menschen existieren würde, jeglichen Grausamkeiten, die im Namen einer, wie auch immer gearteten Ideologie, oder auf Befehl verblendeter Tyrannen begangen wurden, entgegen zu treten oder wenigstens dabei nicht wegzuschauen, so wäre vielleicht mehr Scham und Verantwortlichkeit unter den Menschen. Dann hätte man sich vielleicht in Empörung und Zorn gegen jene Lemuren zusammen gerottet, die Tag und Nacht die Feuer der Shoa in den Todeslagern schürten und am Leben hielten. Dann hätte kein Minister und kein Beamter jene Landenteignungsbefehle Stalins oder auch Maos ausgeführt, die zum Hungertod von Millionen von Menschen auf dem Lande führten. Dann wäre man nach Tagen oder Wochen des Kampfes in den großen Kriegen Europas, nachdem man über die verrottenden Leichen von Pferden und seiner Menschenbrüder gestiegen wäre und im Schlamm und Blut versank, voller Scham und voller Empörung im Herzen nach Hause gegangen. Und hätte die Waffen, die man noch in den Händen hielt, allenfalls noch dazu verwendet sein Recht zu verteidigen, nicht schießen zu müssen. So aber ist der Mensch nicht! Er empört sich nur, wenn er sich dem anderen moralisch überlegen und sich selbst in einer sicheren Position weiß. Sicher vor Repressionen. Sicher vor Schaden an Leib und Leben und sicher vor der Ausgrenzung durch die Gemeinschaft. Kurz, er muss konform gehen mit der Mehrheit, sollte diese auch noch so verbrecherisch und unsinnig handeln. So sich anzupassen schreibt ein inneres Gesetz ihm vor. Und deshalb quellen die Geschichtsbücher, insbesondere jene, die die Geschichte des zwanzigsten Jahrhunderts behandeln, nur so über von Schand- und Bluttaten, von Verbrechen, von Leid und Elend. Homo homini lupus. Das klingt fast noch harmlos vor dem Hintergrund der Geschichte des zwanzigsten Jahrhunderts. Oder vor solchen Beispielen, wie sie uns die Blutgräfin bietet. Homo homini daemon. Das trifft es schon eher. Der Name Auschwitz markiert einen irdischen Ort, den sich selbst die Fantasie Dantes für den siebten Kreis der Hölle nicht auszumalen vermocht hatte.

Die Maschinenkönigin

In einer dunklen Halle, die mit allerlei seltsam anmutenden und in ihrer Funktion unklaren technischen Vorrichtungen dekoriert ist, thront sie – die Königin der Maschinen. Wie aus einem Traum erwachend, frage ich mich, wie ich in ihr seltsam und gefährlich schimmerndes Reich geraten sei. Doch bleibt mir wenig Zeit zum Nachdenken. Mein Blick ist gebannt, von ihrer Gestalt, von ihrem schlanken, kühlen, aerodynamisch wirkenden Körper. Kalte Neonaugen beobachten mich. Kabel und Schläuche führen von ihrem Haupt, von ihrem Körper, zu, in dunklen Hintergründen verborgenen Anschlüssen. Stählern glänzt verführerische Haut. Summend und vibrierend umgeben ungeheure, doch unsichtbar bleibende Kraftfelder, ihren Thron. Greifarme recken sich nach mir, wie im Wunsche, mich mit seelenlosen Maschinenkräften zu zermalmen. Wie ein schrecklicher Gedanke durchzuckt mit einem Male die Vorstellung mein Gehirn: „Das ist die moderne Enkelin des Minotauros."

In Totenhäusern II

Tod meiner Großtante. Vor ein paar Tagen habe ich sie zum letzten Mal im Krankenhaus besucht. Ich erschrak über die Veränderung, die, im Vergleich zu meinem Besuch davor, mit ihr vorgegangen war. Das nahende Ende hatte innerhalb weniger Tage tiefe Spuren in ihrem Antlitz hinterlassen. Es war als würde der Totenschädel bereits durch die dünnen Schichten der Haut hindurch leuchten – illuminativ. Sie konnte da schon nicht mehr sprechen. Reagierte aber manchmal auf Zuspruch durch Kopfnicken. Auf den Tischchen neben dem Krankenbett stand ein Strauß Schneeglöckchen. Der Rand der weißen Blütenblätter war braun und verwelkt, so als hätte der Hauch des Todes selbst sie gestreift.

Phosphorstädte

Nächtlicher Flug über den Atlantik. Nach der langen Dunkelheit des Atlantiks, blinkten irgendwann Lichter zu uns herauf. Städte an der südamerikanischen Küste. Durch die dunstige Atmosphäre in leichte Unschärfe getaucht, wirkten diese Lichtformen seltsam surreal. Blinkende, funkelnde Tiefseewesen mit langen Tentakeln, im Ozean der Nacht. Vielarmige Traumgebilde, Lichtkraken schwebend in unausmessbarer Dunkelheit. Oder waren es Kolonien phosphoreszierender Bakterien, die in lumineszenten Gemeinschaften Besitz von einem Nährgrund ergriffen hatten, während rings umher die nicht infizierten Areale in tiefes Dunkel getaucht blieben?

Zur Maschinenkönigin

Die Vision der Maschinenkönigin drängte sich mir zum ersten Male, noch undeutlich und kaum spürbar, im Lärm einer Fabrikhalle auf, in der ich einen Winter lang arbeitete, um mir meine Reise an die Quellen des schwarzen Flusses zu finanzieren. In dem summenden Rauschen und Brausen der tausend Lager und Walzen, die, unablässig rotierend, die hohe Halle mit orkanischem Lärm erfüllten, glaubte ich, zu später Stunde in der Nachtschicht, mit einem Male ihre verführerische und doch so grausam, brutale Stimme zu vernehmen. Eine Stimme, die aus dem Maschinenbrausen selbst zu kommen schien und doch nicht mit diesem identisch war. Und sie rief mich. Daran war kein Zweifel. Lockend und drohend zugleich. Was wollte sie von mir? Ich glaubte es zu ahnen. Sie wollte mich - mit Haut und Haaren. Ich sollte ihr Diener, ihr Sklave werden. Dafür würde sie mich mit ihrer kalten, stählernen Brust nähren. Eiskalte Mutter für mich sein. So wie sie tausend andere vor mir schon versklavt hat und doch zugleich auch für ihr Auskommen sorgt. Doch bin ich nicht zum Knecht geboren. Drei Wochen später kündigte ich meinen Arbeitsvertrag und trat meine Reise an, auf der ich so manches Abenteuer zu bestehen hatte und die mich lehrte die Freiheit noch mehr zu lieben, als ich es ohnehin schon vorher tat.

*

Noch oft ist mir seither die Maschinenkönigin erschienen. Die Begegnung mit ihr in der Halle ihrer Macht ist nur eine von vielen, gleichwohl eine der eindrücklichsten. Da sie wohl begriff, dass sie mich mit ihrer mütterlich-nährenden Seite nicht zu verlocken vermochte, trat sie mir nun als stahlkalte Verführerin gegenüber. Damit, muss ich zugeben, hatte sie mehr Erfolg. Das bedeutete Gefahr und Lust. Und gerade das reizte mich. Doch dahinter, daran ist kein Zweifel, lauerte ebenso Verderbnis und Angst. Und auch dessen war ich mir von Anfang an voll bewusst. Trotzdem ließ ich mich, zum Teil, auf ihr Spiel ein. Das hätte mich dann auch fast Kopf und Kragen gekostet. Das Spiel mit der technisch produzierten Geschwindigkeit, die, wie fast alle Hervorbringungen der Maschinenkönigin, weit über das natürliche Maß hinaus reichen, ist lebensgefährlich. Bei Unfällen mit dem Motorrad entging ich zweimal nur knapp dem Tode. Einmal krachte ich ungebremst mit hundertzwanzig Stundenkilometern in ein stehendes Auto, das andere Mal mit nicht viel geringerer Geschwindigkeit in eine Leitplanke. Beide Unfälle überstand ich aber vollkommen unverletzt. Man spricht dann von Glück oder von einem guten Schutzengel. Der Betroffene selbst aber verspürt in solchen Fällen unverdienter Errettung nicht nur Dankbarkeit, sondern es bleibt auch ein Gefühl der Verpflichtung zurück: „Du hast noch einmal eine Spanne Lebenszeit geschenkt bekommen. Nun nütze diese auch!"

*

Das Zermalmende, Gewalttätige der Technik deutet sich in solchen Geschehnissen bereits an. Im Kriege aber tritt es ganz rein zu Tage. Als Kriegsgöttin vermag die Maschinenkönigin Millionen zu verschlingen. In diesem Bereich wird sie zur Furie, zur alles vernichtenden Rachegöttin, die sogar, seit Hiroshima, das Menschengeschlecht an sich, mit totaler Auslöschung bedroht. Hätten sich das unsere Urgroßväter vorstellen können, denen sie noch als Heilsbringerin, als Prophetin des Fortschritts erschienen war? Wohl kaum. Geister mit einem feinen, unbestechlichen Blick jedoch hätten, und haben zum Teil auch, von Anfang an diese verschlingende Seite der Technik sehen können. So wirken manche Gemälde aus dem neunzehnten Jahrhundert, die die Produktionsstätten der Schwerindustrie abbilden, Hochöfen, Eisenhütten, Eisenbahnfabriken, nicht nur wie die apokalyptischen Gemälde eines Hieronymus Bosch, sondern auch wie moderne Kriegsschauplätze, die im Artilleriefeuer und Bombenhagel erglühen. Und wie damals bedarf es auch heute nicht unbedingt des Blickes auf die kriegerische Seite der Maschinenkönigin, die die meisten Menschen im heutigen Europa zum Glück nie am eigenen Leibe verspürt haben, um ihre gewalttätige, bedrohliche Seite zu erkennen. Schon in manchen ihrer titanischen Maschinendiener lässt sich diese fast ganz rein erfühlen. Mit seelenloser Brutalität recken sich in Industrie und Bau riesige Greifarme, Feuerrohre, Metalltentakel gen Himmel. Ich selbst kann mich beim Anblick solcher Vorrichtungen niemals der Vorstellung erwehren, wie mich diese erfassen, meinen Körper umschlingen, zermalmen und vernichten.

*

Freilich, nur selten tritt das Negative der Technik in so offenkundig brutaler Form zu Tage. Die Maschinenkönigin hat viele Gesichter, und, was sich von allein versteht, natürlich nicht nur ausschließlich destruktive. Doch verbirgt sich hinter jedem Fortschritt, hinter jeder Erscheinung ihres technischen Reiches, immer auch Abgründiges, Unvorhersehbares, Dunkles. Und dieses hintergründig Böse verleiht ihr etwas Dämonisches, denn was sonst, als das unterirdisch, fast gestaltlose Übel, wurde seit jeher unter dem Begriff des Dämonischen erfasst? Und schon an manchen Äußerlichkeiten der Emanationen ihrer Welt lässt sich dieses Dämonische erkennen. Man denke etwa an die Roboter, gerade dann, wenn sie in menschenähnlicher Gestalt auftreten. Ihre puppenhaften, ruckartigen Bewegungen, ihre feurig leuchtenden Augen, ihre mechanische Stimme, all das wirkt als Erscheinung zweifelsohne beängstigend und befremdend. Man stelle sich nur einen Menschen aus früherer Zeit vor, der einem solchen Geschöpf der Maschinenkönigin gegenübertreten würde. Er würde einen solchen Roboter zweifelsohne als Dämon ansprechen und hätte damit, obwohl er sich in der Kategorie geirrt hätte, doch eine hintergründige Wirklichkeit eines solchen Maschinenwesens erfasst. Und auch in uns Heutigen vermag ein solches Wesen tiefe, unbewusste Ängste anzusprechen. Nicht umsonst tritt der dämonische Roboter uns dort entgegen, wo sich die Genres des Science Fiction und des Horrors vermischen. Die Realität scheint bei einem solchen Anblick für Augenblicke aus den Fugen geraten zu sein. Mit genialem Blick hat das schon vor beinahe zweihundert Jahren E.T.A. Hoffmann mit seiner Automate Olimpia erfasst. Die Verzerrung der Realität streift an die Schichten des Wahnsinns. So stürzt sich denn auch Nathanael, der unglücklich in das Trugbild des künstlichen Mädchens Olimpia Verliebte, zum Schluss von Hoffmanns Geschichte, als der Irrsinn sich seiner bemächtigte, vom hohen Turme herab. Dazu tritt, den Robotern gegenüber, noch dass dunkle Gefühl hinzu, diese könnten einmal den Menschen von seinem Platz an der Spitze der Evolution verdrängen und selbst die Herrschaft übernehmen. Ein quasi unsterbliches, sich selbst reproduzierendes, und allen Widrigkeiten gegenüber weitaus widerstandsfähigeres Geschlecht, als es die Menschheit je sein kann.

*

Doch ist der Roboter nur die anschaulichste Gestalt für das hintergründig Dämonische der Technik. Überall, in jeder Erscheinung aus der Welt der Maschinenkönigin, schwingt auch immer dieses mehr oder weniger versteckt Bedrohliche mit. Der Fabrikarbeiter im höllischen Lärm der Maschinen ist ebenso dem Dämonismus der Technik ausgesetzt, wie der Ingenieur, dessen Hervorbringungen, trotz aller seiner Rechenkünste, doch immer auch den sprichwörtlichen „Teufel im Detail", als Restrisiko, in sich tragen. Und trotz aller andersartigen Beteuerungen der Fortschrittsgläubigen lässt sich dieser dämonische Kern in den Erscheinungsformen der Technik niemals gänzlich ausschließen. Wie die Incubi und Subcubi des Mittelalters wechseln sie nur von Fall zu Fall, von technischem System zu technischem System, ihre Gestalt, passen sich gewissermaßen dem individuellen Charakter verschiedener technischer Hervorbringungen an, gerade wie die Incubi und Subcubi sich den individuellen, sexuellen Vorlieben der Heimgesuchten anpassten. Und gerade diese Wandlungsfähigkeit, dieses gestaltlose Bedrohliche ist es, was der Metapher des Dämonischen als immanente Form im technischen Getriebe Schlüssigkeit verleiht.

*

Auch der Minotauros lässt sich als dämonische Gestalt auffassen. Als Gestalt nämlich, der das animalisch-dämonische im Menschen symbolisiert. Dieser Stiermensch wohnt im Labyrinth unter dem Palast des Minos, errichtet von Daidalos, dem ersten Ingenieur in noch vorgeschichtlicher Zeit. Und ebenso wie dieser, errichten auch unsere modernen Ingenieure in ihren technischen Gestaltungen labyrinthische Systeme. Systeme, in denen man sich nur mittels des roten Fadens technischem Fachwissens zurechtfindet. Doch gebietet dieses Fachwissen nur über die Mittel, nie über den Zweck technischer Hervorbringungen, geschweige den über deren Sinn. Letzterer bleibt im Grunde stets ambivalent, nicht eindeutig festlegbar oder fassbar. Der Zweck hingegen ist meist dem reinen Nutzdenken und wirtschaftlichem Interessen unterworfen. Diese an und für sich sinnleeren Eigenschaften technischer Systeme aber bringen es mit sich, das die Technik als philosophisches Problem zum labyrinthischen Gang wird, der ohne Ziel ins Sinnentleerte führt. Wir müssen und können wohl mit der Technik leben, uns ihren ambivalenten Gesichtern anpassen; unserem Leben Sinn zu verleihen aber vermag sie nicht; ja, mehr noch, sie ist sogar so etwas wie der moderne Schleier der Maya, der im höchsten Maße den Lebenssinn zu verdunkeln vermag. Ein Labyrinth im wahrsten Sinne des Wortes, in dem der moderne Mensch Gefahr läuft, sich zu verirren, nicht mehr aus ihrem Irrwegen herauszufinden und aufzutauchen an das Licht des eigentlichen Lebens, so wie Hans Baldung sich auf ewig in den dunklen Schächten der Bergwerke zu Falun verlor.

*

Das Labyrinthische der Technik tritt uns exemplarisch und
überaus anschaulich in den neuesten elektronischen Massenmedien entgegen. Besonders im Internet. Ein weltum-
spannendes Netzwerk, das schon in seiner Konzeption
labyrinthisch angelegt ist. Entlastet von dem Gefängnis der Zeit
und enthoben der individuellen Begrenzung, verliert sich so
mancher "User" in den elektronischen Bahnen dieses
technischen Labyrinths. Das Surfen wird zur Jagd nach dem
immer Neuen, nach dem Bizarren und Seltsamen. Eine virtuelle
Entdeckungsreise in die labyrinthische Vielfältigkeit
menschlicher Gedanken, Wünsche und Phantasien, die nicht die
eigenen sind, die aber, da der der andere immer auch das Eigene
widerspiegelt, eigene versteckte und noch nie gekannte
Phantasien widerspiegeln. Und so ist es dann auch nicht mehr
erstaunlich, dass sich von Anfang an das Surfen im Internet zur
Sucht zu entwickeln vermochte. Denn wie in anderen Formen
des Rausches, ist auch hier der exzessive Surfer der Last der
Zeit und der Individualität für die Dauer des labyrinthischen
Ganges in den elektronischen Bahnen enthoben. Das fordert
stets Wiederholung und fördert so den exzessiven, suchtartigen
Gebrauch dieses Mediums.

*

Gewalttätige und dämonische Gesichter besitzt also die Maschinenkönigin. Auch wohnt sie in labyrinthischen Palästen. Und dennoch vermochte sie sich zur bestimmenden Herrscherin, zur Schicksalsmacht unserer Zeit, aufzuschwingen. Dies klingt paradox und wäre auch nicht möglich gewesen, wenn ihrem Wesen nicht diese absolute Ambivalenz innewohnen würde. Sie hat viele, ja, unzählige Gesichter. Sie tritt uns nicht nur als gewalttätige Kriegsgöttin, als dämonische Gestalt entgegen, sondern auch als Prophetin des Fortschritts, als dienstbare Helferin, als Kurtisane, die uns die Langeweile zu vertreiben verspricht, ja sogar als Lebensretterin, etwa in der modernen Apparatemedizin. Und mit diesen Attributen hat sie sich uns unentbehrlich gemacht. Sie ist eben nicht die böse Königin, wie im Märchen, sondern eine überaus ambivalente Gestalt. Helferin und Vernichterin, Tyrannin und Verführerin, Arbeiterin und Herrscherin. Dazu noch Schicksalsgöttin in heutiger Zeit. Eine moderne Schwester der antiken Fortuna. Doch hat sie mit jener nicht das Beschenkende gemein, das aus vollem Füllhorn auch und gerade jenen zuteilt, die das Geschenk nicht aus eigener Leistung verdienen. Die Art ihres Eingreifens in das Geschick des Einzelnen lässt sich auch mit dem germanischen Wort Schicksal, das man immer auch in die eigenen Hände nehmen kann, schwerlich umschreiben. Das lateinische „Fatum" scheint hier passender. In diesem Begriff ist das Eingreifen der Schicksalsmächte viel passiver Gedacht, etwa nach der Art, wie es das deutsche Wort „Verhängnis" ausdrücken soll, nur dass „Fatum" nicht allein als negatives Schicksal gedacht wird. Der Einzelne ist in jedem Falle machtlos vor den Schicksalsspruch der Maschinenkönigin. Eines der gravierendsten Beispiele für diese Art des mechanisierten Schicksals waren sicherlich die Materialschlachten des ersten Weltkriegs. Der einzelne Soldat im Trommelfeuer der gegnerischen Artillerie war dem Schicksal in fatalistischer Weise auf Gedeih und Verderb anheim gegeben. Die Granate traf und zerfetzte den Körper, oder verschonte ihn auf unvorhersehbare Weise. Dem war nichts eigenes entgegenzusetzen. Hier halfen keine soldatischen Tugenden mehr und keine Vorsicht. Es traf den Tapferen ebenso wie den Feigling, den Offizier ebenso, wie den gemeinen Landser. Und diese Art des fatalistischen Schicksalsschlages wiederholt sich heute in den meisten technischen Unfällen. In Flugzeugabstürzen und Bahnunglücken, in Schiffsuntergängen und in gemeinen Verkehrsunfällen. Wir brauchen nur in ein Auto zu steigen oder uns als Fußgänger auf den Straßen zu bewegen, schon setzen wir uns dem Schicksalsspruch der Maschinenkönigin aus. Wie die römischen Kaiser in der Arena gebietet sie durch Handzeichen über Leben und Tod. Und zu jeder Stunde und überall, vermag uns ihr Fluch zu zermalmen.

*

Ebenso machtlos wie der Landser im ersten Weltkrieg den Granaten gegenüber stand, stehen wir auch den Hervorbringungen der technischen Welt überhaupt gegenüber. Es ist uns nicht mehr anheim gegeben zu wählen, ob wir in einer technisierten Welt leben wollen oder nicht. Wir wachsen in sie hinein. Von Kindesbeinen an. Und selbst im tiefsten Afrika ist der Kongo von Staudämmen gezähmt. Die Vitae der heutigen Menschen sind vom Rhythmus der Maschinenkönigin geprägt. Geboren in, von unzähligen Apparaten erfüllten Kreißsälen, verbringen wir unser ganzes Leben in technisch dominierten Räumen. Tagtäglich hetzen wir mit Straßenbahnen, Zügen, Automobilen zur Arbeit, verbringen die Stunden des Tages in klimatisierten Büros, vor flimmernden Computern. Abends dann lassen wir uns passiv von den traumartigen Bildern der elektronischen Medien berieseln. Und auch in den letzten Tagen zum Tode hin, wird mit hoher Wahrscheinlichkeit die Technik der Intensivstationen und Krankenhäuser unser letzter Begleiter sein. „Ich bin allgegenwärtig – mir kannst Du nicht entfliehen!", so lautet der Imperativ der Maschinenkönigin.

*

Vor solchem Hintergrund wird die Frage nach Freiräumen in dem von der Technik dominierten Dasein dringlich, auch wenn viele durch Gewöhnung diese Dominanz kaum mehr wahrnehmen oder sie der Vorteile willen uneingeschränkt akzeptieren. Doch wer noch ein wenig humane oder musische Substanz in sich bewahrt hat, der kann sich nicht bedingungslos in das, von technisch erzeugten Notwendigkeiten geformte Schicksal des modernen Massenmenschen ergeben. Ein solcher Mensch versucht seinen individuellen Kern in sich zu bewahren und ihn nicht von den Zwängen der Maschinenwelt verformen zu lassen. Wie dies möglich ist, das ist eine der großen Seinsfragen unserer Zeit.

*

Noch einmal. Dass die Technik auch ihre hellen, dienenden Seiten besitzt sei unumstritten. Auch wäre es illusorisch zu glauben, wir könnten durch einen freien Willensakt wieder aus der selbst geschaffenen Welt der Technik aussteigen. Dies ist schlechterdings unmöglich und steht auch gar nicht wirklich zur Diskussion. Die Entwicklung der letzten zweihundert Jahre ist unumkehrbar. Und letztendlich nutzen wir doch gerne die Vorteile, die uns die Technik bringt. So wurden etwa auch diese Zeilen am Computer geschrieben. Doch all dies darf uns nicht blind machen gegenüber den dunklen Seiten der Technik, gegenüber ihren Zwängen, ihrem zerstörerischen Potential. Wie sich der mittelalterliche Mensch die Frage stellte, wie er sich mit den dunklen Seiten Gottes auseinander zu setzen habe, so muss sich der moderne Mensch dieselbe Frage in Hinsicht auf die satanischen, dämonischen Seiten der Technik stellen.

*

Wir leben also in einer Welt, die in zunehmenden Maße von den Notwendigkeiten der Technik bestimmt wird. War früher einmal der Mensch das Maß aller Dinge, so ist es heute eher so, dass dieser sich dem Maß der Technik anzupassen hat. Einer fiebrigen Beschleunigung in allen Lebensbereichen etwa, oder dem zunehmenden Schwund des Raumes, der sich in eine parzellierte und von zahlreichen technischen Installationen durchzogene Industrielandschaft verwandelt hat.

*

Wo aber sind in einer so verwandelten Welt noch Freiräume – Gegenwelten zu finden? Freiräume und Gegenwelten die für den humanen und musischen Geist mehr und mehr zur inneren Notwendigkeit werden. Die Gesellschaft bietet solche kaum mehr an. Selbst die sogenannte Freizeit ist dem Maschinentakt unterworfen, dem Diktat der elektronischen Massenmedien und einer Industrie der ritualisierten, niveauarmen Zerstreuung.

*

Wir können also nur auf uns selbst zählen. Jeder für sich muss, will er nicht im technisch dominierten Massenstrom mitschwimmen, seinen eigenen, individuellen Kern dem Diktat der Maschinenkönigin entgegensetzen. Besonders prädestiniert sind dafür wir Abenteurer aller Art. Wir Abenteurer der Seele und wir Abenteurer der Tat. Denn zum einen sind wir es ja schon gewohnt unseren eigenen, unbetretenen Pfaden zu folgen und zum anderen ist ja gerade das Abenteuer eines der Domizile, welches zwar ebenfalls von der Technik verändert und umgeformt wurde, das aber zugleich noch immer die Technik zu transformieren vermag. Denn eines ihrer zwingendsten Diktate, das Diktat des Zweckes, ist gerade im Abenteuer ausgeschaltet. Auch kommen wir im Abenteuer den Elementen noch nahe. Der Bergsteiger, der mit moderner Ausrüstung, mit Hightec-Bekleidung und Schalenschuhen aus Kunststoff, einen Berg zu besteigen versucht, nutzt zwar auch technische Hervorbringungen, doch bleibt sein Tun im Grunde zwecklos, auch spürt er die Gewalten der Natur, die Stürme am Berg, die Lawinen, nicht durch einen technischen Filter hindurch, sondern hautnah am eigenen Leib. Und auch der moderne Eremit, der in einsamen, nächtlichen Sitzungen in die Tiefen der Seele hinab taucht, ist dem Elementen noch nahe, dem Ursprünglichen, Ungeteilten. Er wird mit Schätzen ans Tageslicht zurück kehren, die jenseits technischer Verfügbarkeit liegen.

*

Auch im geistigen und musischen Raum ist noch Freiheit vom Diktat der Maschinenkönigin zu finden. Freilich streckt sie auch auf solche Gebiete ihre technischen Fühler und Tentakeln aus, so wie es heute wohl allgemein kein Gebiet mehr gibt, in das sie nicht, wenigstens subaltern, vordringt. So etwa spiegelt sich längst, um nur ein Beispiel zu nennen, der beschleunigte Takt und Rhythmus des modernen Maschinenzeitalters auch in der Musik wieder. Und nicht nur in den Schöpfungen moderner Komponisten oder gar in der Technomusik, die schon im Namen verrät, dass sie zur der Welt der Maschinenkönigin zählt. Tatsache ist, dass auch eine Symphonie Beethovens heute um einiges kürzer ist, als zu ihrer Entstehungszeit, da die Musiker mit modernem Zeitgefühl, ob sie es wollen oder nicht, die Noten schneller spielen, als sie zu ihrer Entstehungszeit wiedergegeben wurden. Und dieses Zeitgefühl im Maße des Maschinentaktes, der modernen Beschleunigung der Welt, macht sich auf allen künstlerischen Gebieten bemerkbar. Daher gelingt der epische Wurf heute nicht mehr.

*

Dennoch ist die Welt des Geistes, in weitesten Teilen, jenseits der Gesetzmäßigkeiten der Technik angesiedelt. Sie ist auf anderen Axiomen aufgebaut, folgt anderen Zielen, findet ihre Notwendigkeit in sich selbst. Der Geist ist integraler Bestandteil des Menschseins überhaupt. Ja, erst in ihm erfüllen wir das Versprechen der Natur bei unserer Geburt, die uns als ein Wesen hin zu geistiger Fähigkeit hervorbrachte. Die Feuersteinklingen der Altsteinzeit, eines homo habilis beispielsweise, lassen erkennen, das intelligente Wesen sie gefertigt haben. In den Felsmalereien in den Höhlen von Altamira hingegen begegnen wir den Menschen, begegnen wir uns selbst wieder. Auch verliert der Mensch seine Würde nicht, zieht er sich aus dem technisch dominierten Raum zurück. Philomenis und Paucis in ihrer Hütte am Meer oder auch der Mensch, der sich zur Meditation in die Einsamkeit zurückzieht, gewinnen im Gegenteil noch an geistiger Würde hinzu.

*

Unser alltägliches Leben wird also vom Zeittakt der technischen Notwendigkeiten bestimmt. Wir arbeiten und schlafen nicht mehr im natürlichen Rhythmus von Hell und Dunkel, von Tag und Nacht. In den Städten erhellen grelle Neonlichter die Dunkelheit. Die effiziente Nutzung des teuren Maschinenparks erfordert ein Arbeiten rund um die Uhr. Die Stunden des Tages sind nach strengen Vorgaben eingeteilt. Nicht mehr in Nacht und Tag geschieden, sondern in Stunden, Minuten, Sekunden zerstückelt. „Time is money!" - Das ist eine der großen illusionistischen Zaubertricks der Maschinenkönigin überhaupt.

Sie trat an mit dem Versprechen der Zeitersparnis und doch werden wir von ihr gehetzt wie das Wild im Wald. Mit Hilfe der technischen Errungenschaften werdet ihr schneller reisen, weniger Zeit auf die täglichen Notwendigkeiten des Lebens verwenden müssen, Zeit und Musestunden im Überfluss haben, spricht der technische Fortschrittsglaube. Und doch scheinen wir zwar mehr Freizeit, aber weniger Muse zu haben. Weniger Zeit für den Menschen in uns und für die Menschen um uns. Ein wahrhaft seltsames Paradoxon, über das es sich nachzudenken lohnt. Die Maschinenkönigin ist fürwahr auch eine Zeithexe.

*

Die Welt des Abenteuers, die Welt des Geistes sind auch Gebiete, auf denen die Maschinenkönigin als Zeithexe ihre Macht in weitaus geringerem Maße zu zeigen im Stande ist. Daneben gibt es aber noch weitere Gebiete, auf denen die technisch strukturierte Zeit ihre Bedeutung verliert. So etwa die Welt des absichtslosen und zwecklosen Spiels, die uns etwas von der Zeitlosigkeit der Kindheit zurückbringt. Oder etwa auch die Liebe. Auch in den Nächten, in denen wir unsere Liebste umarmen, steigen wir aus, aus dem Fluss der Zeit und sei es auch nur für Stunden, die freilich nicht nach Stunden, sondern mit dem Maß der Liebe gemessen werden. Oasen in der Technikwüste existieren also. Doch liegt es am Einzelnen diese zu finden. Die Gesellschaft wird denjenigen, der sich bestimmte Freiräume vor der Herrschaft der Maschinenkönigin zu schaffen bemüht ist, eher gleichgültig bis ablehnend gegenüber stehen, als ihn dabei zu unterstützen. Dies erfordert, will man das Eigene behaupten, eine anarchische Verweigerungshaltung. Ein zähes Entgegensetzen eigener Werte gegen die Forderungen der von der Maschinenkönigin beherrschten Massengesellschaft. Die geduldige und stets gefährdete Errichtung einer eigenen Welt, in der die Werte, die in uns selbst schlummern, die höchsten Maximen des Handelns darstellen. Die Werte, die von der technokratischen Gesellschaft vorgegeben werden, sollten hingegen nur in so weit akzeptiert werden, wie es für das eigene Überleben gerade erforderlich ist.

Hypergirl VII

In der Nacht als Pilger unterwegs. Doch wie quälend langsam kam ich voran. Ich würde mein Ziel niemals erreichen! Dann nahm ich an einer seltsamen Zeremonie teil. Ein Kreuzritter aus dem Mittelalter, dessen Gebeine erst kürzlich im heiligen Land entdeckt worden waren, sollte mit feierlichem Ritus beerdigt werden. Ich hatte die ehrenvolle Aufgabe den Sarg mit Wachs zu versiegeln, da es sich herausgestellt hatte, dass ich ein direkter Nachfahre dieses Ritters war. Alles geschah in einer dunklen Krypta, die nur spärlich mit Kerzen beleuchtet war. Als ich später allein an dem Sarkophag die Totenwache hielt, wurde ich plötzlich von hinten von einem halb unsichtbaren Phantom angefallen, das die Absicht hatte den Sarkophag samt Gebeinen zu entführen. Nach hartem Ringen gelang es mir schließlich, ein Schwert zu ergreifen, das ich dem Phantom in den Bauch stieß. Da verwandelte es sich in ein Skelett, an dessen Knochen blutige Fleischfetzen fransig herab hingen. In diesem Augenblick trat Ariadne in die Krypta ein. Ungläubig und voller Ekel starrte sie mich und das blutige Skelett an, als hätte ich ein schweres Sakrileg, ein verabscheuungswürdiges Verbrechen begangen. Vergeblich versuchte ich ihr zu erklären, was geschehen war. Dass ich in Notwehr gehandelt hatte, um die Entführung von Sarkophag und Leiche zu verhindern. Doch waren meine verzweifelten Erklärungen vergeblich. Angeekelt und voller Abscheu wandte sie sich von mir ab.

Geschichte aus dem Kosovo

Wieder in der Armee. Ich unterhielt mich im Kasino mit einem Soldaten, der im Kosovo im Einsatz gewesen war. Er hatte mit seiner Einheit, auf einem Wachtposten, in einem recht gebirgigen Teil des Landes, Dienst getan. Jede Nacht lieferten sie sich Feuergefechte mit irregulären Kräften, die mittels Pferdetransport Nachschub an Waffen und Munition über die Berge schafften. Nachdem Warnsalven über Tage und Wochen nichts genutzt hatten, bekamen sie schließlich den Befehl zielorientiert zu schießen, den sie in der folgenden Nacht auch umsetzten. Nach einer Salve aus einem lafettengestützten Maschinengewehr, blieben auf der anderen Seite dann auch drei Pferde und einer der Treiber verwundet liegen. Herzzerreißend war, was sich dann während dem Rest der Nacht abspielte. Die verwundeten Tiere versuchten immer wieder aufzustehen, doch kaum hatten sie sich erhoben, versagten ihnen erneut die Beine. Dazu hallten über Stunden hinweg ihre Schreie herüber. Das Leid der gequälten, unschuldigen Kreaturen, ging den Soldaten näher, als alles, was sie bislang an Leid, in dem von Grausamkeit nicht armen Land, gesehen hatten. Noch immer, Jahre später, so erzählte der Stabsfeldwebel, liefen ihm, wenn er nur die Geschichte erzählte, kalte Schauer über dem Rücken.

Da es in der Dunkelheit zu gefährlich war, wurde erst nach Tagesanbruch eine Patrouille losgeschickt, die unter anderem die Aufgabe hatte, die Tiere von ihrem Leid zu erlösen. Nachdem sie den Treiber, der einen Bauchschuss erlitten hatte, gefangen genommen und geborgen hatten, versuchten sie nun die Pferde mit gezielten Schüssen von ihrem Leid zu erlösen. Doch waren die Tiere nur schwer zu töten. Schuss um Schuss gaben die Soldaten auf die Leiber ab, während ihnen die Todesschreie durch Mark und Bein gingen und ihnen der klägliche Anblick der Tiere, die, von ihrem Fluchtinstinkt getrieben, immer wieder vergeblich versuchten aufzustehen, in der Seele weh tat. Erst nachdem auf jedes Tier etwa zwanzig Schuss abgegeben worden waren, verendeten die Tiere schließlich. Das Leid solcher Kreaturen vermag uns oft tiefer zu treffen, als der Anblick menschlichen Schmerzes. Hier tritt uns die Todesqual aus ungefilterten Tiefen, rein und ungesondert, entgegen. Auch trifft es uns wie eine Urschuld, wenn Wesen, die in unserer Obhut stehen, durch uns ein solches Schicksal erleiden. Hinzu kommt das im Grunde unschuldige Wesen der Tiere. In solchen Augenblicken sehen wir ohne die Schleier der Vernunft und des Geistes, wie durch kristallene Spiegel, in die tiefsten Abgründe der Qual und des Leides hinab. Ein solcher Einblick kann nicht ohne Wirkung sein. Wir bleiben ein Leben lang gezeichnet. So als trügen wir ein Kainszeichen davon.

Vorahnungen

Aus den dunklen Tiefen der Vorahnung tauchten gespenstische Gestalten empor. Der schwarze Dämon der Krankheit sprang mich an wie ein geharnischter, unvernichtbarer Gegner. Wühlte in meinem Gedärmen und im Unterleib mit scharfen, schneidenden Sicheln.Aus einer mächtigen Uhr, mit blutrotem Zifferblatt, ertönt die apodiktische Stimme "Deine Zeit ist abgelaufen!" Ungeheuere, unsichtbare Mächte hielten Prozess über mich. Nahmen mir mit vernichtender Hand Freiheit, Vermögen und Leben. Haschten nach meiner Existenz wie wilde, blutgierige Jäger nach dem fliehenden, gehetztem Wild. Die Vernichtung der Existenz stand wie eine blutigrote Wolke vor finsterem Horizont. In der Ferne von Dunkelheit und Nacht schrie Ariadne um Hilfe. Unerreichbar und Fern. Auch sie ein Spielball der Schicksalsmächte! Meine helfende Hand reichte nicht zu ihr. Verdorrte zu Asche im Bemühen Zeiten und Räume zu überwinden. Der neue Anfang gebar ein gewaltsames Ende. Die Bemühungen zu erwachen blieben vergeblich. Wie eine zum Bersten gespannte Sehne zersprang ich. So sehen

Albträume aus, die sich in Realität verwandeln. Nichts blieb von mir. Nicht einmal Asche. Noch jedes Atom, jedes Molekül wurde von den Harpyen zu Nichts zermalmt. Selbst die Erinnerung gelöscht bis in alle Ewigkeit. Ein Mensch verschlungen von den Abgründen im eigenen Inneren. Vom verwesenden Leib steigen Nachtungeheuer auf. Fressen sich in die Seele unschuldiger Engel ein. Und über alledem das schreckliche, grausame Schweigen Gottes. Die gleichgültige Kälte des Universums. Jene eisige Kälte, die selbst noch den letzten Funken Lebens zu Eis verbrennt.

Schnee

Der Blick vom Schreibtisch auf die winterlich verschneite Welt. Starkes Schneetreiben. Der Burgberg mit dunklen Bäumen, deren Spitzen weiß bereift sind, wirkt fast als wäre er vor dem Hintergrund des Himmels hingezeichnet worden. Auf den Tannen dazwischen liegt der Schnee dick und klobig. Die Welt ist zur Kalligraphie in Schwarz-Weiß geworden. Mit den Bäumen, den Dächern der Häuser, den Spuren im Schnee ist die Sprache der Welt geschrieben. Eine winterliche, eine einfache Sprache ist es nun, in diesen verschneiten Tage

Auf Skiern I

Nachts sinkt das Thermometer noch weit unter den Gefrierpunkt. Wenn auch die heftigste Kälte, die hier vor ein paar Tagen mit einer morgendlichen Temperatur von - 16° C erreicht wurde, gebrochen zu sein scheint. Am Tage strahlt die Sonne von einem wolkenlosen, stahlblauen Himmel, während nachts sich ein funkelnder Sternenhimmel über die gefrorenen Felder spannt. Ich nutze diese winterlichen Bedingungen und starte schon am Morgen zu einer längeren Skitour. In einem der großen östlichen Waldgebiete, in dem ich schon oft, und zu allen vier Jahreszeiten, unterwegs gewesen war, bin ich Stunde um Stunde unterwegs. Feinpulvrig liegt der Schnee auf den Wiesen und Feldern. Die Sonne besitzt schon eine Kraft, die in den Lüften den nahenden Frühling ahnen lässt, während jedoch die Eiskönigin, die Herrscherin des Winters, über das Land noch ihre unbarmherzige Macht ausübt. Knirschend pflügen meine Skier durch den tiefen Pulverschnee. Eiskristalle stieben auf. Eine gleichmäßige, ruhige Arbeit über Kilometer hinweg. Unter schweigenden Tannen, Kiefern und kahlen Buchen ziehe ich dahin. Bizarre, hohe Felsgebilde säumen den Weg. Drei, vier Stunden lang gleite ich über gefrorene Felder und Wiesen und durch verschneite Wälder. Es ist mir von Zeit zu Zeit ein tiefes Bedürfnis ein einfaches, simples Leben im Takt der Natur zu führen. Weite Gänge und Arbeit in den Wäldern, sind für mich ein Gebot geistiger und körperlicher Hygiene.

Die Strahlende

Meine nächtlichen Wanderungen brachten mich endlich auch an die Gestade eines fremden Meeres. Dunkel und geheimnisvoll rauschten die Wellen, brachen ihre Gewalt an der felsigen Küste. Ein fahler Nebelmond stieg groß und blass über den Wassern auf und spiegelte sich in gebrochenen Linien auf dem dunklen, nassen Sand, über den ich lief. Dunkle Wolken, Abgesandte eines fernen Meeresturms, jagten rasch am Himmel dahin. Müde von der langen Wanderung, die bereits hinter mir lag, und halb und halb in Gedanken versunken, lief ich verloren am Ufer entlang. In dunkler, traumschwerer Vergangenheit lag verborgen, woher ich gekommen, in einer fernen lichtlosen Zukunft, wo mein Ziel lag. War ich verdammt ewig an den Sturmküsten dieses Meeres entlang zu wandern? Verloren zwischen den dunklen Wassern eines unergründlichen

Ozeans, in dessen Tiefen unbekannte Gefahren lauerten und den schroffen Gipfeln eines unüberwindlichen Gebirges, das zu meiner Rechten, unweit des Ufers, rasch in den Himmel empor schrammte? Dunkel erinnerte ich mich daran, dass ich einmal als Entdecker, als Konquistador, als Eroberer eines dunklen inneren Kontinents aufgebrochen war. Nun hatte ich an diesen düsteren Gestaden Schiffbruch erlitten. War gescheitert. Lebte verloren und fern jeglicher Hoffnung. Gebrochen, fast vom Schicksal besiegt, war ich, der ich doch einst als strahlender Held zu sagenhaften Abenteuern aufgebrochen war. Und ich kostete Verzweiflung. Sie war meine Führerin und meine Furie in dunkelster Stunde. Und wie in Trance trieb sie mich voran, zog mich mit unwiderstehlicher Gewalt einem fernen Punkte zu. Schneller und schneller lief ich, ohne es zu merken. Ohne auch zu fragen, warum und wozu. Ich stolperte über Steine und angeschwemmtes Treibholz. Riss mir die Knie, Füße und Hände blutig. Und stolperte und eilte doch unaufhörlich vorwärts. Stunde um Stunde, Nacht um Nacht. Gequält, erschöpft und hoffnungslos. Der Durst brannte in meiner Kehle, der Hunger wühlte mit seinem scharfen Krebsscheren in meinen Eingeweiden. Ich fluchte und betete und stürzte doch in unbezwingbarer Hast voran.

Die Erschöpfung wurde bald umfassend. Mehr und mehr breitete sich eine Wüste in mir aus, eine Leere, die alles zu verschlingen drohte, was ich je gewesen, was ich bin und was ich jemals sein werde. Wie eine feurig schwarz glimmende Wand wuchs das Dunkel im Umfeld meiner Augen, verengte schließlich mein Sehen auf einen engen Tunnel, durch den ich, wie durch ein verkehrt herum gehaltenes Fernglas, in eine unbestimmte Ferne blickte. Bunte Lichter tanzten von Zeit zu Zeit vor meinen Augen, schienen manchmal Gestalt annehmen zu wollen und zerflossen doch wieder im Unbestimmten. Mehr und mehr schwoll auch das Rauschen der Brandung in meinen Ohren an, bis zu einem Donnern, das in ein unbestimmtes Stakkato mündete. Ich versuchte mir die Ohren zuzuhalten. Doch vergeblich. Mehr und mehr schwoll das chaotische Dröhnen in mir, bis es in ein verschlingendes Brausen mündete, vor dem ich vergeblich zu fliehen suchte. Weiter! Immer nur weiter! Helle Lichtblitze schossen vor meinen Augen vorbei. Meine Zunge hing schwer und betäubt in meinem Mund. Kälte, Kälte kroch in mir empor. Immer mehr Kälte! Immer schwächer wurde ich und stolperte, halb ohnmächtig schon, über die dunklen, feinen Kiesel des vulkanischen Strandes. Da stolperte ich wieder und schlug der Länge nach hin. Hart stieß ich mir den Kopf an einen großen Fels. Warm lief mir Blut über die

Schläfe. Heiß schmeckte ich seinen metallischen Kupfergeschmack in meinem Mund, sah wie es dunkel im feinen Sand unter mir versickerte. Eine Welle der Übelkeit stieg tief aus meinen Eingeweiden auf. Ich übergab mich. Schnappte in der Konvulsion meines Magens nach Luft. Für Augenblicke umfing mich das Dunkel einer leichten Ohnmacht. Willenlos sank ich nieder in Sand und Schmutz. Dann, als ich meinen Kopf wieder erhob, sah ich sie vor mir. Ariadne! Doch war sie es wirklich? Nein, auch wenn diese Erscheinung Ähnlichkeit mit ihr hatte. Das konnte sie nicht sein! Eine weibliche Gestalt sah ich da vor mir. Strahlend hell und schön wie der Mond. Das Licht, das von ihr ausging hüllte mich ein, floss über mich, reinigend, heilend und erfrischend, wie Wasser aus einer geheimen, magische Quelle. Mein Herz schien still zu stehen, im schmerzhaftem Erkennen ihrer Schönheit. Ihr Haar bewegte sich in Wellen, wie die Wellen des Meeres selbst, um ihr Haupt. Aus strahlenden Augen blickte sie mich an, in die doch zugleich auch aller Schmerz und alle Verzweiflung der Welt geschrieben stand. Ihr Mund war halb geöffnet und hinter ihren Lippen blitzten hell und fein wie Elfenbein die Zähne. Ihr Kleid schien wie aus zartester Luft gewebt und umhüllte ihren wohlgeformten Körper. Schön und furchtbar wie ein Engel Gottes, oder wie eine Göttin selbst, schwebte sie da nicht weit entfernt in der

Luft während ihre Haut in einem überirdischen Licht erstrahlte. Und fließend schien ihre Gestalt zu sein. Jungfrau schien sie zu sein und Mutter. Amazone und weiße alte Frau. Kind zugleich und Mond und Stern. Und es war mir als schmölze mein Herz in ihrem Anblick. Und zugleich, als erfasste ich mit einem Augenblick uralte weibliche Weisheit. Die Weisheit der Geburt und die Weisheit des Sterbens. Die Weisheit eines Kindes. Und die Weisheit einer uralten Greisin. Und Wärme spürte ich in mir und um mich. Die Wärme der Liebe einer Mutter zu ihrem Kind. Und mehr noch die Wärme der Liebe dieser strahlenden Göttin zu allem Lebendigen. Den Schmerz des Geborenwerdens und die Agonie des Sterbens. Die Leichtigkeit eines warmen Maientages und die Todesstarre eines bitterkalten Januarmorgens. Die Freude und das Glück und die tiefste Verzweiflung. Und mehr und mehr wuchs ihr Licht und umhüllte mich ganz. Erfüllte mein Inneres. Wurde gleißender und gleißender. Und es schien mir, als müsse ich mich bald auflösen und vergehen in ihrem Licht. Und ich erhob die Hand um mich ihres Lichts zu erwehren und hoffte doch im selben Atemzug, dass sie mich verschlingen möge, zu sich nehmen, in ihrem strahlendsten, lebendigen Licht. Und ich trieb hinein in dieses Licht. Löste mich auf und verlor mich ganz in ihrer Schönheit. Und dann berührten sich unsere Hände und ich wusste, ohne dass sie zu mir sprechen musste, dass ich aus ihr stammte und wieder zu ihr zurück kehren würde. Das sie die Quelle des Lebens selbst war und der Liebe auch. Und dass ich ihre Liebe einst in jener Frau widergespiegelt finden würde, die mich wahrhaft lieben würde. Und eine ungeheure Welle der Zuversicht und der Hoffnung durchflutete mich. Und das Licht in mir wuchs, bis ich mich ganz in ihm aufzulösen begann. Und ich wusste, dass ich nun zum Grund des weiblichen Mysteriums vorgestoßen war und dass Ariadne nur der Weg dahin gewesen war. Und ich trieb in dem Licht bis an das Ende der Nacht und tauchte dort wieder empor. Und es war mir fast, als wäre ich aus einem Traum erwacht und wusste doch, dass ich in anderen Gefilden geweilt hatte, als auf den Inseln des flirrenden Traumes. Welche Macht war es, die mir da in dieser Vision erschienen war? Ein Bild war es, machtvoll und stark, das aus den tiefsten Tiefen der Seele empor gestiegen war und das doch mehr war als allein das Produkt einer überhitzten Phantasie. Es war Form gewordenes Symbol, das auf etwas hinwies, das hinter den Dingen liegt. Aus den tiefsten Tiefen der Seele entsprungen, aus der archaischten Region unserer menschlichen Psyche, die in gewissen Träumen und in Vision zu sprechen beginnt, ist dieses psychische Bild, eben weil es aus archaischen Schichten empor stieg, verbunden mit den ältesten Mythen und

Bildern, die auf Dinge hinter den Dingen hinwies und noch hinweist. Eine große, strahlende, göttliche Frau war dem erschöpften Wanderer erschienen in finsterer Nacht. Ein Bild der Hoffnung und der Macht. Wie es manchen Einsamen wohl schon erschien im Traum der Nacht oder in bewusstseinsdurchbrechender Vision. Vor zweitausend Jahren wohl ebenso, wie schon vor zehntausend Jahren. Zu anderen Zeiten freilich formte sich manchmal eine solche Vision zu einem Mythos aus, der vielleicht sogar Bestandteil eines übergeordneten Religionssystems wurde. Zahllos sind die hohen Frauen, die Göttinnen in den Kulturen der Menschheit. Seien es die großen Fruchtbarkeitsgöttinnen der Vorzeit, sei es die babylonische Istar, sei es die ägyptische Isis, seien es die zahlreichen Emanationen des Weiblich-Göttlichen in der Antike. Und all diese Gestalten hatten wohl einst ihren Ursprung in ähnlichen Träumen und Visionen, vor tausend, vor zehntausend Jahren aus eines Menschen tiefsten Tiefen der Seele empor gestiegen. Wirksam über Jahrhunderte, ja Jahrtausende in der Geistesgeschichte der Menschheit. Jahrtausende, in denen das weibliche Prinzip hinter den Dingen als göttlich gesehen und verehrt werden konnte. Bis ein geistiger Paradigmenwechsel die alten Götter, männliche, wie weibliche, vom Thron stieß und einen alleinigen Vatergott weichen mussten. Nur Maria, der zum Himmel erhobenen, flossen, besonders im hohen Mittelalter, viele weiblich-göttliche Attribute zu, die sich zuvor auf ein Pantheon weiblicher Göttinnen verteilt hatten.

Doch freilich hin zu einer keuschen, mütterlichen Seite verschoben, die zwar auch schon mancher alten Göttin anhaftete, die aber stets noch durch dunklere Attribute ergänzt waren. Tatsache ist, dass die christliche Kirche in den nächsten zwei Jahrtausenden daran krankte, dass nicht alle Facetten des Weiblichen, auch die Dunkelsten, die die Antike gleichwohl zur Göttlichkeit erhoben hatte, in ihr vertreten waren. Nur Yin nicht Yang, nur väterlich, jedoch nicht mütterlich, nur Askese, jedoch nicht dyonisischer Taumel in der orgiastischen Vereinigung der Geschlechter.

Religionssysteme und die Gestalten derselben, die Götter und Göttinnen, sind archetypische Gestaltungen, die viel über die Psychologie des Menschen, sowie über den Zustand der Gesellschaft aussagen, in dem sie entstanden sind. Ihre Sprache redet in Bildern und Gleichnissen. Bilder und Gleichnisse, die auf etwas Größeres, Unaussprechliches hinweisen. Auf etwas, dass nicht in gewöhnlichen Worten und auch nicht in der Sprache der Wissenschaft, in der Mathematik, Ausdruck zu finden vermag. Ein Bild wie die große strahlende Göttin, stand und steht für viele noch heute, für ein Prinzip hinter den Dingen, dass so voller Mysterien, so dunkel und doch auch so lebensbestimmend ist, dass man es getrost als heilig, als göttlich bezeichnen kann. Und das man, um hier noch einmal bildlich zu sprechen, als das weibliche Prinzip in den Dingen bezeichnen könnte. Es enthält alle Zyklen in der Natur, das Werden und Vergehen, Geburt und Tod, die Fruchtbarkeit der Äcker, die Jahreszeiten, die Menstruation der Frau, ihre Sexualität, ihre Schönheit und all ihre Geheimnisse. Eine Liste, die sich noch beliebig fortsetzen ließe. Aber die wenigen Beispiele mögen genügen, um dem Leser eine Ahnung zu verschaffen, was ich meine, wenn ich hier von einem weiblichen Prinzip hinter den Dingen spreche.

Ungezählte Göttinnen abgelebter Religionen weisen auf eben dieses Prinzip hin. Die große Göttin hat ebenso viele Gesichter, wie besagtes weibliches Prinzip Facetten hat. Uralt sind die Kulte, die weibliche Fruchtbarkeit und die stetige Erneuerung der Natur und ihre Früchte, von denen der Mensch lebte, in einem innigen Zusammenhang sahen. Das reicht weit zurück. Bis in die Vorzeit des Menschen. Funde, wie jene der Venus von Willendorf, zeugen davon. Doch wissen wir zu wenig über die geistige Welt der Steinzeitmenschen, um darüber letzte Aussagen treffen zu können. Literarisch tritt uns die große Fruchtbarkeitsgöttin zum ersten Male unter den Namen Ishtar in Babylonien oder als Astarte in Ägypten, sowie im westsemitischen Raum, entgegen. Als Zeichen ihrer Göttlichkeit, wurde sie mit einem Mondsicheldiadem, in dessen Mitte sich die Sonnenscheibe befand, dargestellt. Herrin über die beiden zentralen Gestirne des Himmels, lenkte sie das Werden und Vergehen in der Natur. Wie es einer großen Naturgöttin geziemt, die als letzte Bewegerin für den Lauf der Jahreszeiten, sowie als Herrin von Tod und Geburt gedacht war, war sie Zerstörerin und große Gebärerin in einem. Nach dem Winter oder einer Dürrezeit, kehrt die Göttin auf die Erde zurück und bringt neues Leben, neue Fruchtbarkeit. Bis hinein in das alte Testament reicht das Echo ihres Kultes, der aus noch älteren Kulten hervor gegangen sein mag. Im Buch der Könige heißt es: „König Salomo liebte neben der Tochter des Pharao noch viele andere ausländische Frauen: Moabiterinnen, Ammoniterinnen, Edomiterinnen, Sidonierinnen, Hetiterinnen. Es waren Frauen aus den Völkern, von denen der Herr den Israeliten gesagt hatte: Ihr dürft nicht zu ihnen gehen, und sie dürfen nicht zu euch kommen; denn sie würden euer Herz ihren Göttern zuwenden. An diesen hing Salomo mit Liebe. Er hatte siebenhundert fürstliche Frauen und dreihundert Nebenfrauen. Sie machten sein Herz abtrünnig. Als Salomo älter wurde, verführten ihn seine Frauen zur Verehrung anderer Götter, so dass er dem Herrn, seinem Gott, nicht mehr ungeteilt ergeben war, wie sein Vater David. Er verehrte Astarte, die Göttin der Sidonier, und Milkom, den Götzen der Ammoniter. (1. Könige 11,1-6).

Eine der zahllosen Stellen im Alten Testament, die Bezeugen, wie die kulturelle Sonderstellung des Judentums, mit ihrem monotheistischen Gott, stets in Gefahr war, und über lange Zeit nur durch das Postulat eines rächenden, zürnenden Jehova aufrecht erhalten werden konnte. Aber auch eine frühe Stelle, die vom Kampf der beiden Prinzipien, des männlichen wie des weiblichen Prinzips, zeugt. Müßig zu sagen, welches Prinzip für lange Zeit die Oberhand gewann. Müßig aber auch zu sagen, dass dieser Kampf beiden Seiten ungeheuren Schaden zufügte. Denn beide Seiten benötigen letztendlich ihr Spiegelbild, das in vielen Dingen auch Gegenbild sein mag. Beide Seiten verkörpern für sich genommen nur einen Teil des Ganzen. Beide Seiten benötigen in dem jeweils anderem Prinzip ihre Ergänzung, ihren Gegenpol auch, ohne dem das Eigene nicht zu bestimmen ist.

Auf Skiern II

Wieder auf Skiern unterwegs. Die hinter dunklen Schneewolken verborgene Sonne, ließ den Streifen Himmel über den dunklen Wipfeln der Bäume in einem hellen, metallischen Glanz erstrahlen, so als wäre flüssiges Gold über den Horizont ausgegossen worden. Schneekristalle glitzerten in dem schräg einfallendem Licht wie winzige Diamanten. Dazu die schwarzweißen Schneeschattenstrukturen auf den weiten Feldern! Wie ist es möglich, dass tote Materie, ein bisschen gefrorenes und schneeig auskristallisiertes Wasser, eine solch dramatische und grundlegende Veränderung der Landschaft zu bewirken vermag? Da muss noch ein übergeordnetes, der Materie zwar innewohnendes, doch nicht aus ihr allein erkläriches Prinzip hinzutreten. Hier wohl das Geheimnis kristalliner Strukturen, die in ihrer regelmäßigen Gleichförmigkeit unser ästhetisches Empfinden anzusprechen vermögen. Das würde auch ein Licht auf die Schwierigkeiten werfen, die naturalistische Maler zu allen Zeiten bei der Abbildung von Winterlandschaften hatten. Wie soll es auch möglich sein, diese millionenfach im Schnee ausgeformten kristallinen, dreidimensionalen Strukturen in das zweidimensionale Medium der Farbe, ohne Einbuße, zu überführen?

In der Roten Armee

DDR-Träume! Es muss in den sechziger Jahren gewesen sein. Lange Kolonnen russischen Militärs und der NVA rollen gegen West-Berlin. Eine russische Offizierin landet mit dem Fallschirm nahe der Grenze. Seltsam finde ich, dass sie zu ihrer Uniform feuerrote Ballettstiefel trägt. Ich muss herausfinden, was hier vor sich geht! In russischer Uniform mische ich mich unter die Truppen. Ich habe sogar, wie es bei den sowjetischen Soldaten während des zweiten Weltkriegs Brauch war, eine zusammen gerollte Decke um die Schulter geschlungen. Dazu trage ich freilich eine moderne Sonnenbrille. Würde mich diese nicht verraten? „Egal", denke ich. „Immerhin siehst du ziemlich „cool" mit Uniform und Sonnenbrille aus." In Wohncontainern hat der Stab der Truppen sein provisorisches Hauptquartier aufgeschlagen, in das ich mich hineinschmuggle. In einem der Container findet eine Art Ausstellung statt. In Vitrinen werden Gegenstände des Alltags, vornehmlich aus den zwanziger Jahren, gezeigt. Als ich mich gerade mit einer papierenen

Pillenschachtel beschäftige, die ich in den Händen hin und her drehe, um ihren Inhalt zu erraten, tritt ein NVA-Offizier ganz nahe an mich heran. „Das ist ein Riese, ein muskulöser Kraftprotz", denke ich. Er legt seinen Arm um meine Schulter und zieht mich mit eisernen Griff von der Vitrine fort. Dazu drückt er noch die Mündung seines Dienstrevolvers fest gegen mein linkes Auge, so dass es zu schmerzen beginnt. „Nennen Sie mir Ihren Namen, Geburtsdatum und Truppenteil!" befiehlt er. Ich überlege: „Wir müssen Anfang der sechziger Jahre haben. Darauf deuten nicht nur die Zeitumstände, sondern auch die Alltagsgegenstände in den Vitrinen hin. Ich bin jetzt sechsunddreißig Jahre alt. Also muss ich so um das Jahr 1926 geboren worden sein." Dieses Jahr nenne ich dem NVA-Offizier dann auch als mein Geburtsdatum, worauf er mir die Mündung der Pistole nur noch fester gegen die Schläfe presst, so dass die Schmerzen noch größer werden. Soll ich Angst haben? Die Waffe ist gespannt und der Finger am Abzug. Eine nervöse Zuckung seines Zeigefingers würde genügen, mir eine Kugel durch den Kopf zu jagen. Das muss noch nicht einmal Absicht sein. Aber es besteht nicht wirklich Gefahr. Ich brauche mich ja nur zu konzentrieren, um aufzuwachen und so in meine eigene Zeit zurückzukehren..."

Schwarze Schlangen

Gebrochene Linien. Schwarze Schlangen, die sich um Brüste winden. Die Farben wie Schreie. Blau klammert sich an üppiges, weißes Fleisch. Das Fleisch der Venus von Willendorf. Gelb, wie der Geruch von getrocknetem Urin. Überhaupt. Feuchtigkeit! Nässe. An Fingern, an Lippen. Das Rot eines gepeitschten Rückens. Risse in der Haut. Zuckende Gehirne. Dann die sanfte Welle, die alles hinweg wäscht. Zurück bleibt wüste Ödnis. Tod. Der Geruch verwesenden Fleisches. Dunkle Geiervögel, die über der Zerstörung kreisen...

Der Dämon des Weines

Es muss wohl in Paris gewesen sein. Wenigstens sah das Hotel, in das ich eintrat, aus, als stünde es in jener Stadt, die als Ort der Venus, aber auch als Domizil abgründiger Gestalten bekannt ist. Auch schien es mir, als stünden über dem Eingang, in absinthgrünen, nebelhaften Buchstaben die Worte "Hotel du M..." geschrieben. Doch geschah der Eintritt in einer solchen Eile und Schnelligkeit, dass ich weder jene Neonbuchstaben, noch auch die Fassade des Gebäudes, deutlich aufzunehmen im Stande war. Selbst der Concierge blieb in seiner Erscheinung schemenhaft verborgen. Auch musste mich wohl der Siegelring, den ich an der rechten Hand trug, als Suchender und als Mitglied des Ordens des nocturnen Zirkels ausgewiesen haben. So fand ich mich denn auch fast augenblicklich nach dem Eintritt in das Hotel in einem engen, tunnelartigen Gang wieder, durch den ich in Wirbeln und in geburtsartigen Wehen hindurch gepresst wurde. Ströme von ektoplasmischen Entladungen umflossen kreisend die Enge, die mich pressend vorwärts sog. Wie verblasste Abziehbilder, tauchten Schemen von jahrhundertelang zurückliegenden Ereignissen aus dem rotierenden Dunkel, das den hellen Tunnel umsäumte, für Augenblicke empor und verschwanden wieder. Bilder, die ein wenig Breughelschen Gemälden glichen, doch in blasseren Farben ausgeführt waren. Mittelalterliche Momentaufnahmen des täglichen Lebens. Bärtige Männer, die Bauholz sägten. Ein feuerrot gewandeter Priester, der von einer frei in der Luft schwebenden Kanzel herab predigte. Eine Magd, im grünroten Kleide, die mit geschürzten Röcken ihre Füße in der Seine wusch. Von diesen bunten Bildnissen abgelenkt, merkte ich zu spät, dass das Ektoplasma, das den magischen Tunnel umfloss, jegliche Materie von mir abzog, bis ich auf der anderen Seite des Tunnels nur mehr als Schatten, als feinstoffliches Wesen, wieder ausgestoßen wurde. Dort fand ich mich in einer zechenden Gesellschaft wieder, die einem dickflüssigen, blutartigem Wein zuzusprechen schien, vor dem mir sogleich ekelte. Von den vier Ecken des Raumes hörte ich eine geisterhafte Stimme, die sprach: "Das ist der Wein des Bösen." Ich begriff, dass jede Zelle in den Körpern der Zecher, mit jedem Schluck von dem Weine, von einer dunklen, bösartigen Energie durchtränkt wurde. Schon begannen die Gestalten, wie von innen heraus, von einem dämonischen Glanze illuminiert zu werden. Nun kam mir mein feinstofflicher, körperloser Zustand zu Gute. Durch die Körper der Zecher hindurch, gelang es mir, unter Aufbietung meiner gesamten Willenskraft, ihnen die prall gefüllten Weinpokale aus den Händen zu schlagen. Hoch spritzte der Wein, wie reinstes Blut, empor. Trat Ernüchterung ein, begann der dämonische Glanz alsbald zu verlöschen. Doch dort, auf einem Tisch an der Wand, an der ein großer, quadratischer Spiegel angebracht war, standen noch viele Flaschen des gefährlichen Getränks. Augenblicklich schwebte ich körperlos dort hinüber, um auch noch diese letzten Flaschen des Weines zu zerstören. Von körperlosen Kräften umgestoßen, quoll bald dickflüsser Wein aus grünen Flaschenhälsen. Wie erschrak ich aber, als ich einmal von dem

Werke auf, und in den Spiegel sah. Aus dem flachen Glase wölbte sich, erst allmählich Form annehmend, das Antlitz eines furchtbaren Wesens. Braun, brutal und mit einem Gesicht, das kaum als solches bezeichnet werden kann. Noch ehe ich reagieren konnte, hatte mich das Wesen auch schon gepackt. Hielt mich mit festem, eisernen Griff fest. Nun stieß es mit der freien Faust eine brennende Fackel mit bläulicher Flamme durch das Glas des Spiegels hindurch, versengte mir in brennendem Schmerze Augen und Stirn. Mit sich kaskadisch steigerndem Entsetzen begriff ich, dass sich von nun an ewige Dunkelheit auf mich herab senken würde. Meine Hilfeschreie verhallten ungehört, den als feinstoffliches Wesen hatte ich ja keine Stimme, die ein Sterblicher zu vernehmen im Stande gewesen wäre.

Pablo Cassini

Nächtliche Stimme: „Pablo Cassini ist tot. Ihm werden keinerlei Ehrungen zuteil." Wie verfällt das träumende Gehirn auf solche Namen, der mir doch noch nie zu Ohren gekommen ist?

Der Zwerg

In der Nacht saß ein Alb in Form eines Zwerges auf der Brust. Tod war er. Kalkweiß seine Haut, durch die sich das in Verwesung übergehende Fleisch in kamesinroten Flecken abzeichnete. War er vielleicht ich, oder ein Teil von mir? Dafür sprach, dass er auf dem Kopf eine ähnliche bordeauxrote Strickmütze trug, die in den Zeiten meiner wildesten Jugend so etwas wie mein Markenzeichen gewesen war. Eine Stimme verkündete mir, dass der Zwerg von einer Macht getötet worden war, die größer und stärker sei, als alles, was der Mensch zu erkennen im Stande sei. Immer unheimlicher, beängstigender und erschreckender, erschien mir die Lage, in der ich mich befand. Je mehr ich vergeblich versuchte, den Zwerg von meiner Brust zu schütteln. desto fester und erdrückender schien sein Gewicht auf mir zu lasten. Auch wurde der Ekel bald übermächtig, da er immer wieder, schlaff und tot wie er war, mit seinem Gesicht, vornüber fallend, das meinige berührte. Dabei löste sich immer mehr von der toten, eiskalten Haut und von dem verwesenden Fleisch von dem bleichen, weißen Totenschädel. Bald klebten Maden in meinem Haar, in meinen Wimpern und in meinem Bart, die zuvor unter der bleich gespannten Haut des Zwerges ihr Mahl gefunden hatten. Noch einmal und noch einmal bäumte ich mich auf, um den Zwerg von meiner Brust zu schütteln. Doch vergeblich. Bald würde ich unter seiner Last ersticken! Da sah ich Schatten ringsumher. Waren das freundlich gesinnte Wesen? Egal. Es galt ums Leben. Mit dem Schrei um Hilfe, den ich an diese Schattenwesen richtete, weckte ich mich endlich selbst aus Traum und Schlaf und Schrecken.

Aphorismus VI

Die Depression vermag eine solche Schwere und Dichte anzunehmen, dass nicht einmal mehr Worte sie zu durchdringen oder auszuloten vermögen.

Sand

Schlecht und unruhig geschlafen. Wirre Träume. Als Essenz am Morgen ein graues Gefühl. Das Leben zerrinnt wie Sand zwischen den Fingern. Und je fester und heißer wir es festzuhalten versuchen, desto schneller rinnt es uns aus den Händen.

Der Graue

Das Haus, das ich in der Nacht besuchte, musste uralt sein. Von den Jahren gedunkelte Balken. Roh gemauerte Wände. Spartanisch eingerichtete Räume. Auch Ariadne war dort anwesend. Wir beratschlagten, wie wir die einzelnen Räume einrichten sollten. Auch bastelte sie kleine menschliche Skelette aus Tierknochen, die Glück bringen sollten. Ich überlegte gerade, auf welchen logischen Grunde diese Theorie basieren sollte, als die Bilder ins Unheimliche umschlugen. Wir fanden, zu unserer Bestürzung, überall in dem Hause Leichenteile. Negride abgetrennte Frauenköpfe mit grau-schwarzer Haut. Die Haare wie Schlangen. Blutige, zerborstene Knochensplitter, selbst im Schlaflager. Aus dem Knochenmark zogen wir seltsame Gegenstände. Wie etwa Schraubenzieher, Nägel oder seltsame Plastikgegenstände, deren Zweck wir nicht einmal zu erraten vermochten. Wir gaben augenblicklich unserem Instinkte nach und flüchteten aus dem Haus. In einem Betonunterstand, der einem Bunker nicht unähnlich war und der in Mitten eines großen Parks lag, fanden wir Unterschlupf. Doch auch hier verfolgten uns die grausamen Bilder. Wieder fanden wir unter Bänken und in Mülleimern verstreute, negride Leichenteile. Das konnte nur der Graue getan haben! Wieder dachten wir an Flucht. Doch was wäre, wenn uns an zwei solchen, mit Leichenteilen übersäten Blutorten unsere Fingerabdrücke finden würde? Würden wir nicht selbst unter Verdacht geraten? Daran hatten wir noch gar nicht gedacht. Uns blieb nichts anderes übrig, als die Polizei zu verständigen. Wir hatten ja ein Mobiltelefon bei uns! So riefen wir die Notrufnummer und es wurde uns auch versprochen, dass sich eine Streife zu uns auf dem Weg machte. Bald jedoch wurde uns das Warten zu lang. So hieß ich Ariadne an dem Blutorte auszuharren. Ich selbst würde vorne an der Straße auf die Polizei warten und sie dann zu dem Tatort führen. Der Weg dorthin allerdings führte über verschlungene Pfade durch den Park. Einsam war es und düster. Nur eine ältere Joggerin begegnete mir in der Dunkelheit. Da, mit einem Male, fühlte ich, dass ich verfolgt wurde und es stieg eine ungeheure Angst in mir empor, denn das konnte nur der Graue sein. Und da sah ich ihn. Aschgrau. Am ganzen Körper nackt. Mit ungeheuer bösartigen, aber auch leidenden Gesichtszügen. Doch das beängstigende an diesem furchtbaren Wesen war die Art, wie es sich fort bewegte. Lautlos und in großen Sprüngen umkreiste er mich, doch so, dass zwischen Absprung und Zielpunkt seiner

Scharaden nicht der Bruchteil einer Sekunde verging. Das war noch viel erschreckender, als es die Leichenteile gewesen waren. Hier gab es kein Entrinnen! Und zwischen dem Zeitpunkt dieser Erkenntnis und dem Augenblick, als ich sein bösartiges Gesicht mit gefletschten Reißzähnen direkt vor dem meinigen sah, breitete sich ein ungeheures, lähmendes Entsetzen aus. Das ist der fürchterliche Raum, der sich noch jenseits der Angst ausbreitet und der alles menschliche an uns wie mit einem Schlage auszulöschen vermag.

Steinernes Herz

In der Morgendämmerung Regenschauer. Dazu entferntes Gewittergrollen. Ich bin mit dem Geländemotorrad unterwegs. Die Fahrbahn ist nass, so dass Gischt von den Stollenreifen, wie feiner Nebel, empor gewirbelt wird. Dann die Schrecksekunde. Hinter einem dichten Gebüsch sticht plötzlich der orange-gelbe Arbeitsbus einer Straßenmeisterei hervor. Keine zwanzig Meter von mir entfernt. Instinktiv reagiere ich. Vollbremsung! Das Heck bricht auf der nassen Fahrbahn aus. Ich halte dagegen. Bringe das Motorrad wieder unter Kontrolle. Dann löse ich die Bremse. Umkurve das leuchtend gelbe Fahrzeug, das zum

Glück nicht anhielt, sondern weiter fuhr und mir so eine Lücke schuf, durch die ich, hart am rechten Straßenrand entlang, hindurchschlüpfe. Ich sehe für Augenblicke in das erschrockene Gesicht des Fahrers, dann bin ich auch schon vorbei. Ich beobachte im Rückspiegel, wie das Fahrzeug harmlos und langsam davon kriecht. Das eigentlich Erschreckende an dem Vorgang ist jedoch nicht die Gefahr, die von der Situation ausging, sondern meine fast völlige innere Gleichgültigkeit gegenüber der Situation. Keinerlei Gefühl der Angst oder des Erschrockenseins. Kein Adrenalinstoß schoss durch meine Adern. Es scheint mir zuweilen, als wäre ich innerlich tot. Das Leben schlug so lange mit Vorschlaghämmern auf meine Seele ein, bis sie gefühllos und taub wurde. Der Minotauros lebt, in all seinem schrecklichem Sein! Doch nicht unendlich weit entfernt, in den Labyrinthen des Minelaos, sondern in der eigenen inneren Wüste, die stetig wächst. Wie fiebrig-tief fühlte ich mich einst in die Welt ein. Wie tot erscheint sie mir jetzt. So müssen sich jene gefühlt haben, die aus schrecklichen Kriegen nach Hause zurückkehrten. Nach all dem durchlebten Grauen, konnte kein Schicksal mehr an ihrem Innersten rühren. Die Seele aus Erz! Kalt und hart!

Graf Dracul

Hier regiert Graf Dracul der Dräker. Warum musste ich diese Warnung ignorieren und in des großen Schlächters Reich eindringen? Überall lagen ausgesaugte, blutleere Hundeleichen umher. Und dort. Ist das nicht Ariadne in ihrem Blute? Als ich mich zu der nackten, blassen Leiche hinab beugte, spürte ich den kalten Hauch des absolut Bösen in meinem Rücken. Körperlos, gesichtslos - doch real und nah. Beim Erwachen der Gedanke: „Besteht das Leben nicht zu einem großen Teile darin, dem absolut Bösen, der totalen Vernichtung, in geschickten, verwickelten und komplizierten Bewegungen immerzu und mit allen gespannten Kräften auszuweichen?"

Das letzte Abenteuer

Nebelmond im November. Ich spüre, wie in mir, ganz allmählich, von Innen heraus, Veränderungen Raum gewinnen. Ähnlich, wie manche Farbstoffe in langsamen Prozeduren Stoffe durchdringen, bis endlich jede einzelne Faser gesättigt und verändert ist, so durchdringt mich das Schicksal und verändert mich mehr und mehr. Die Jahre, die unter dem

Zeichen des Minotauros standen, beginnen dahin zu welken. Neues beginnt sich vorzubereiten. Mein Gesicht will sich erneut verändern. Das Abenteuer hat für mich nicht mehr jenen rauen und herben Geschmack, den zu kosten ich so geliebt habe. Die großen Erlebnisse haben für mich nicht mehr jenen Stellenwert, den sie einst besaßen. Dies habe ich deutlich gespürt, als ich das letzte Mal bei den Spartanern weilte. Überhaupt. Nun, da ich die verflossenen Jahre wie von Oben herab betrachte, scheint es mir, als wären all diese äußeren und inneren Erlebnisse und Abenteuer, so etwas wie Vorübungen gewesen für ein größeres und tieferes Abenteuer. Für ein Abenteuer, das jeden von uns einst bevorstehen wird. Für das letzte Abenteuer. Für die Begegnung mit dem Tode vielleicht.

In Totenhäusern III

Seltsames, blechernes Geräusch als Hagel- und Graupelschauer auf den nahen, winterkahlen Wald herab rieseln. Gerade in diesem Augenblick lassen die Träger den Sarg des Vaters in das Grab hinab. Seltsam klein erscheint er mir. Er verschwindet mehr und mehr im dunklen Nichts des Grabes. Aus der Leere heraus, die mein Innerstes erfüllt, wollen sich kaum mehr Worte formen. Überhaupt ist es einer jener seltenen Ereignisse, vor denen meine Sprache versagt und nicht mehr an das Geschehen heran zu reichen vermag. In dem Gefühl absoluter Traurigkeit und Leere verstumme ich, verlerne die Sprache, so als hätte es niemals Worte zu des Menschen Gebrauch auf dieser Erde gegeben.

Umschlaggestaltung: Verlag und Autor
Umschlagmotiv: „Graffiti of Minotaur" - Fæ